1세대 푸드테이너 구본길의 음식과 인생

나는 요리하는 남자입니다

차례

:

내 인생에 은퇴는 없다

냄비에 버터를 두르고 다진 마늘과 양파, 단호박을 넣어 볶은 뒤 풍미를 더하기 위해 화이트와인을 넣었다. 알코올이 날아가면서 화이트와인의 깊이가 수프의 맛을 더할 것이다. 냄비에 육수를 붓고 뭉근하게 끓였다. 냄비를 비추던 딸의 카메라가 나를 비췄다. 그동안 몸으로 익혔던 것들을 말로 표현하는 건 몇 번을 해도 쉽지 않다. 그래도 수십 년 동안 사람들 앞에 서는 일을 해왔던 경험을 살려 설명하기 시작했다.

"수프는 미세한 입자도 없이 부드럽게 끓여야 풍미가 좋아지고 고급스러운 느낌이 납니다." 이렇게 말하면서 나는 팔팔 끓인 호박 수프를 곧바로 믹서에 넣었다. 그다음, 카메라를 보면서 "식힌 다음 갈아야 합니다."라고 말을 해놓고, 급한 마음에 식히지 않고 그대로 갈았다.

갈고 나서 믹서의 뚜껑을 열자 '퍽' 하고 단호박 수프가 터져 나왔다. 카메라뿐만 아니라 촬영하는 스튜디오가 온통 노란 수프 천지가 되었다.

다친 사람은 없었지만, 촬영은커녕 청소하다가 시간을 다 보낸 것 같았다. 조금 떨어져 촬영을 구경하던 사위도 달려와 바닥을 닦았다. 요리와 방송을 수십 년간 했다고 자부했는데 이런 실수를 하다니…. 딸과 사위 앞에서 살짝 민망했지만 그나마 우리뿐이어서 다행이었다.

다시 촬영을 하기 위해 단호박을 자르는 것부터 시작했다. 이번에는 식혀서 믹서에 넣는 것도 잊지 않았다. 곱게 간 수프를 냄비에 담고 생크림을 넣어 보글보글 끓이다가 소금과 후추로 간을 했다. 완성된 단호박 수프를 예쁜 수프 볼에 담아 플레이팅을 했다. 하얀 그릇에 주황빛을 띤 노란 단호박 수프가 보기만 해도 먹음직스러웠다.

촬영을 마치고 식탁에 둘러앉아 수프를 먹으며 조금 전 촬영하며 있었던 이야기를 나누었다. 유튜브에 올라갈 영상 촬영을 마치고 이렇게 가족들만의 시간을 갖는 것도 또 하나의 즐거움이다. 특히 딸과 사위는 내가 어떤 요리를 하든지 "와, 맛있다! 음~" 소리를 내며 맛있게 금방 먹어치운다. 어쩌면 이 반응을 보려고 아직까지 요리를 하는 것일지도 모르겠다.

오늘 찍은 이 영상을 사람들이 얼마나 봐줄지는 알 수 없다. 그래도 나는 꾸준히 올린다. 요리하는 것 그 자체가 재미있으니까. 나는 요리할 때 살아 있음을 느낀다.

내가 요리사라는 직업을 선택한 데에는 가난했던 어린 시절의 영향도 없지 않다. 아버지가 없었던 나는 불우한 어린 시절을 보냈다. 첫 시작부터 순탄치 않았고, 인생의 굴곡도 여러 번이었다. 배를 타며 내 인생이 한 번 바뀌고, 그곳에서 주방일에 눈을 뜨며 요리사로서의 두 번째 인생이 시작되었다.

외항선을 타며 죽을 고비를 몇 번 넘긴 후 요리사의 길로 들어섰다. 밑바닥부터 시작한 일은 나 자신과의 싸움이었다. 힘들기는 했지만 반드시 성공하겠다는 각오로 버틸 수 있었다. 남들보다 일찍 출근하고 늦게 퇴근하는 생활을 계속하면서 학업까지 병행했다. 63빌딩에 근무할 때 독일에서 열린 프랑크푸르트 세계요리대회에 우리나라를 대표해서 나가 개인전 금메달을 땄다. 그때부터 시작해 수십 년째 방송을 계속하고 있다.

요즘에는 방송 활동을 하는 요리사를 '푸드테이너'라고 부를 정도로 요리사가 방송에 출연하는 일이 많아졌지만, 내가 처음 방송에 나갔던 1990년대 초반만 하더라도 요리 프로그램이라고는 매일매일 가정요리를 소개하는 것 말고는 없었고, 요리사가 방송에 나오는 경우는 더더욱 없었다. 나를 비롯해 그때 방송에 같이 나왔던 이들을 방송가에서는 '푸드테이너 1세대'라고 부른다. 1992년 '요리 천하'를 시작으로 여러 요리 프로그램들이 생겨나 이 방송 저 방송으로 불려다녔다. 덕분에 63빌딩 주방에서 일하랴 방송하랴 밤을 꼬박 새우는 일이 부지기수였다. 그때까지만 해도 대우받지 못하던 요리사라는 직업에 대해 세상에 알리는 역할을 했다는 데 자부심을 느낀다.

세상이 참 빠르게 돌아가지만 그 어떤 분야보다 빠른 것이 방송이다. 내가 방송에 처음 출연한 후 30여 년이 지나는 동안 다양한 요리 프로그램이 생겨나고 새로운 스타 셰프가 탄생했으며 다시 새로운 인물로 교체되었다. 그사이 나는 호텔 주방장에서 홈쇼핑, 대학교수를 거쳐 지금 이 자리에 와 있다. 이따금 요리나 다큐멘터리 프로그램에 출연하기도 하지만 주로 활동하는 무대는 홈쇼핑과 유튜브다.

나는 남들이 가보지 않은 길을 개척하는 것에 흥미를 느낀다. 홈쇼핑도 호텔 셰프로는 처음 시도했으며, 요리사로서 30여 년을 꾸준히 출연한 사람도 찾기 쉽지 않을 것이다. 유튜브 촬영과 편집은 딸의 도움을 받고 있는데, 다행히 딸은 프로 골퍼인 남편의 유튜브를 편집해본 경험이 있어 큰 힘이 된다. 내가 요리를 하면 딸이 촬영해 편집하고 업로드하는 식으로 부녀만의 작은 방송국을 연 셈이다.

새로운 도전은 언제나 나를 설레게 한다. 60대 중반을 넘어서고 있지만 난 아직 은퇴를 하고 싶은 마음은 없다. 남들은 치열하게 살아온 만큼 이제 남은 시간은 여유롭게 보내도 되지 않느냐고 한다. 쉰다는 것 자체가 어색하다. 일찍 일어나고 쉼 없이 일하는 게 몸에 밴 습관이 되었다. 나를 찾아주는 사람이 있고, 그동안 해보고 싶었던 일도 있어 나는 계속 달리고자 한다. 그래서 SNS를 활용하여 소통하며 시대에 맞춰 발 빠르게 변화하는 구본길 셰프로 남고 싶다.

1장

필름처럼
돌아가는 기억들

작은 산골 마을로 가는 길

나의 머릿속에는 항상 낡은 영상처럼 돌아가는 과거의 흔적들이 있다. 어머니와 형, 그리고 내가 석탄으로 움직이는 증기 기관차를 타고 긴 시간을 달리는 모습이 떠오른다. 주변은 탄광지역이라 온통 검은 산이었고, 사람들이 말하거나 웃는 입술 사이로 보이는 하얀 치아가 눈에 들어왔다. 어린 나의 눈에는 신기하게만 보였다.

당시에는 왜, 어디로 기차를 타고 가야 하는지 몰랐다. 나중에야 큰누나가 말해주었는데, 어머니가 형과 어린 나를 데리고 울릉도로 오징어잡이를 하러 가는 길에 누나를 보고 가려고 영주에 들렀던 것이라고 했다. 큰누나는 그 당시의 이야기를 하면 눈물을 많이 흘린다. 당시는 누님도 워낙 형편이 어려워서 할 수 있는 게 없었기 때문이리라. 누님은 여든이 된 지금도 아직 어머니께 못 해준 일들만 기억하며 슬퍼한다.

내 기억 속에 있는 내가 처음 살았던 곳은 경북 청도 팔조령이라는 동네다. 1961년 여름, 엄마는 나와 형을 데리고 외삼촌 집이 있는 팔조령으로 향했다. 어린 자식들을 데리고 동생 집으로 더부살이하러 가는 것이었다.

외삼촌 집으로 가는 길에 넓은 개울을 건너가야 했는데 어른들이 건너기에도 무릎까지 차오르고 물살의 흐름 또한 거친 곳이었다. 개울을 건너려는 다섯 살짜리 나를 위험하다며 어떤 아저씨가 업어서 건너게 해주신다고 했다. 호기심도 많고 붙임성도 좋았던 나는 처음 만난 아저씨를 못미더워하며 "아저씨, 나를 업고 이 냇물을 건널 수 있겠능기요?"라고 물었다. 그런 나를 보고 몇몇 어른들이 "아이고, 참말로 쪼매한 기 야무지기도해라."라며 당돌하다고 말씀하셨다. 그 얘기는 나중에 어른들 사이에서 웃음을 주는 이야기로 회자되었다.

그렇게 긴 거리를 오랜 시간 계속 걷고 또 걸어 외삼촌 집에 도착했다. 가면서 개천을 또 만나고 유동 연못과 양원 들녘을 지나 산골의 작은 시골 동네에 다다랐다.

저수지 둑 아래 집

팔조령 깊은 산골 아래에 있는 외삼촌 집에는 식구가 많았다. 또래인 사촌 종태와 그 위로 형이 둘, 누나가 셋 있었다. 외할머니도 계셨다. 외삼촌 집은 대문과 붙어 있는 사랑채가 있었고, 마당을 건너면 안채가 나왔다. 사랑채에는 방과 넓은 마루가 있었다. 사랑채 옆에 소 외양간과 방아도 있었다.

우리는 얼마간 그곳에서 지내다가 동네에서 조금 떨어진 저수지 옆 외딴집으로 이사했다. 집주인은 조그마한 초가집의 방 한 칸과 부엌을 셋집으로 내주었다. 외할머니도 우리 식구와 함께 한 방에서 지냈다.

주인집에는 내 또래의 여자애가 있었는데, 그 애와 많이 다투었던 기억이 난다. 나는 주인집 딸이지만 기죽지 않고 당당하게 부딪쳤다.

외할머니는 형보다 나를 많이 예뻐해주셨다. 동네에서 얻어온 떡이나 곶감을 숨겨두었다가 형이 없을 때 나에게만 주시기도 했다. 동네에서 잔치를 하는 집이 있을 때면 꼭 나를 데리고 다니면서 먹을 것을 챙겨주셨다. 그래서인지 형은 나를 미워했다. 내가 어머니를 따라 나무하러 갔다가 나뭇짐을 지고 오면 외할머니는 "어이구 내 새끼~ 우리 질아(내 이름 '본길'의 '길'을 이렇게 부르셨다)는 커서 뭐가 돼도 될 끼데이. 아이구, 이쁜 내 새끼."라며 칭찬을 해주셨다.

그러던 할머니가 이사한 지 얼마 지나지 않아 이상해졌다. 방에 똥을 싸서 방바닥과 벽에 발라놓고 나에게는 "질아 이게 뭐꼬? 니 성 웅이가 그랬제."라고 하기도 했다. 어머니는 할머니께서 노망이 왔다고 한숨을 내쉬었다. 할머니의 노망이 집주인을 힘들게 했는지 우리는 거의 쫓겨나다시피 이사를 해야 했다. 새로 이사를 간 집은 좀 더 아랫동네였는데, 새집은 본채와 사랑채, 소 외양간도 있고 마당도 아주 넓은 집이었다. 넓은 집에서 우리가 세를 얻은 집은 사랑채 뒤꼍 부엌 딸린 작은방 한 칸이었다. 이사를 해도 생활은 별반 달라지지 않았다.

밤에는 작고 하얀 호롱에 기름을 넣고 심지에 불을 붙여서 불빛을 밝혔다. 기름이 떨어지면 소나무 옹이나 가지에 붙은 관솔에 불을 붙여 호롱불을 대신했다. 기름을 대체하는 송진이 타면서 나는 연기 때문에 천장과 집 안이 온통 시커메졌다. 아침에 코를 풀면 시커먼 코가 나오곤 했다. 지금의 전기 불빛에 비할 수 없겠지만 당시에는 그 호롱불과 관솔불도 전기 못지않게 밝게 느껴졌다.

나와 형은 너무 어렸고, 외할머니는 나이가 많은 데다 치매까지 오기 시작했다. 아버지 없는 우리 가족 중 일할 수 있는 사람은 어머니뿐이었다. 나는 어머니를 따라다니며 나무하는 것을 도왔다. 당시 나무는 유일한 난방 연료였다. 어머니는 혼자 나무 묶음을 머리에 얹다 쓰러지기도 했다. 어린 마음에 애가 탔지만 도움이 되지는 못했다.

어머니는 산에서 구해온 생소나무 가지를 땔감으로 삼아 부엌 아궁이에 불을 피웠다. 생소나무 가지로 아궁이에 불을 지피면 방 안에도 매운 연기가 가득했다. 눈이 매워 눈물이 나왔지만 방바닥만큼은 따뜻해서 좋았다. 당시에는 난방을 할 만한 다른 연료가 부족해 생소나무 가지를 땔감으로 쓰는 집이 많았는데, 산림 훼손 단속을 위해 면사무소에서 집집마다 조사를 나오기도 했다. 어머니는 생소나무 가지를 묶어 동여맨 후 억새풀로 땔감을 가리곤 했다.

고생해서 나무를 해온 어머니 덕분에 무죽과 나물죽이라도 끓여 먹을 수 있었다. 자욱한 연기 때문에 눈물을 흘리면서 무와 산나물 보리죽을 끓여주었다. 배는 고팠지만 무에 산나물과 보리쌀을 조금 넣어 끓인 죽은 정말 먹기 싫었다.

제일 좋아했던 음식은 배급받은 밀가루로 만든 수제비였다. 포대에 마주 잡은 두 손과 별이 그려진 밀가루였는데, 우리는 그걸 미제 밀가루라고 불렀다. 밀가루를 배급받아온 날이면 어머니가 수제비를 만들어주었다. 표현할 수 없을 정도의 맛이었다. 방앗간에서 찧은 밀가루로 만든 수제비는 목에 넘어갈 때마다 껄끄러워서 뭔가 걸리는 것 같은 느낌이었는데, 배급 밀가루로 만든 수제비는 미끄러지듯 목으로 넘어갔다.

그래도 배가 고픈 것은 마찬가지였다. 1960년대에는 반찬이라고 할 게 별로 없었다. 겨울에는 짜디짠 김치를, 여름에는 오이나 풋고추를 된장에 찍어 먹었다. 밭이 없는 집에서는 그마저도 흔하지 않았다. 어머니는 밥을 먹을 때마다 생된장을 주며 "이거 묵어라, 고기보다 좋은 기다."라고 하며 억지로라도 보리밥 위에 얹어 먹여주었다. 나는 내 건강의 비결이 이 덕분이 아닌가 싶다.

외할머니의 죽음, 어머니의 변화

어느 봄날이었다. 할머니가 "질아, 걸레 빨아오자."라며 나를 데리고 개울로 갔다. 그런데 갑자기 걸레를 빠는가 싶던 할머니가 옆으로 구르듯이 넘어졌다. 나는 놀라서 "할매 괜안나?"라고 물어보았지만 아무 말씀이 없었다. 어린 내가 생각하기에도 이상해서 한달음에 집에 달려와 소리를 질렀다. "옴마, 할매 쓰러졌다, 옴마, 할매 쓰러졌다!" 같은 소리를 몇 번이고 지르며 달려오자 주인집 아저씨가 그 소리를 듣고 나를 따라 개울로 갔다. 아저씨는 할머니를 안고 와서 우리 방에 눕혀놓았다. 얼마 지나지 않아 외삼촌이 달려왔고 어머니도 나무를 하다가 급히 온 듯했다. 식구들이 모두 울었고 어머니는 땅을 치며 통곡을 했다. 그때 내 나이 일곱 살. 1964년 늦은 봄 외할머니는 운명하셨다. 태어나서 처음으로 본 죽음이었다.

똑바로 뜬 외할머니의 눈을 외삼촌이 손으로 쓸어내렸다. 어른들이 애는 보면 안 된다고 했지만 나는 하나도 놓치지 않고 보았다. 외삼촌과 동네 어른 몇 사람이 할머니를 흰 광목천으로 꽁꽁 묶어서 북쪽으로 머리를 두게 하고 병풍으로 가렸다.

다음 날 동네 사람들이 와서 상여를 만들어 할머니를 싣고 산으로 향했다. 산에 가보니 이미 동네 사람들 몇몇이 할머니가 누울 만큼의 크기로 땅을 깊숙이 파놓았다. 흰 광목천으로 꽁꽁 묶인 할머니를 그 구덩이에 뉘고는 흙으로 채우고 발로 밟기도 하고 삽으로 내리치기도 하면서 땅을 다졌다. 무덤을 봉긋하게 다져놓고 집으로 내려오는데 할머니가 많이 답답하겠다는 생각이 들었다. 그러면서도 한편으로는 할머니가 "질아." 하고 부르는 것 같아 문득 무서운 생각이 들었다.

외할머니를 많이 의지했던 어머니는 외할머니가 돌아가시고 난 뒤부터는 일을 마치고 집에 들어오시면 울며 슬퍼하다가 술을 마시며 저녁을 보내곤 했다. 가족들의 생계를 홀로 책임져야 하는 삶의 무게가 버거웠던 것일까. 그러던 어머니가 전혀 다른 사람이 되었다. 어느 날부터인가 교회를 다니기 시작한 것이다.

우리 집에서 산과 공동묘지를 지나면 칠곡 교회가 나왔다. 공동묘지를 지나가야 한다는 것이 무서워서 어머니를 자주 따라 다니지는 못했다. 어머니가 저녁 예배를 보러 가면 나는 이불 속으로 들어가 형을 꼭 안고 잠이 들곤 했다.

하루는 아침에 일어났더니 형이 울고 있었다. 나는 잠이 덜 깬 채 "어머니." 하고 불렀다. 내가 부르는 소리에 어머니가 "우리 길아 일어났구나." 하며 대답을 했다. 그런데 어머니의 목소리와 말투가 평소와는 달리 완전히 다른 사람처럼 느껴졌다. 왠지 모르게 무서워서 나는 "어머니, 어머니, 왜 그래." 부르다가 그만 울음이 터져버렸다. 그날은 결국

학교에도 가지 않았다. 어머니는 우리를 달래가면서 하루 종일 기도를 하고 방언을 터트리기도 했다.

그 후에도 어머니는 이상한 말을 하고 이상한 글을 쓰곤 했다. 어느 날 술에 취해 우리 집에 온 외삼촌이 '어쩌다 동생이 예수에 미쳐서 이 렇게 됐느냐'고 한탄을 했다. 그래도 어머니는 우리에게는 변함없이 다정하고 자상한 어머니였다.

멋쟁이 누나 시집가던 날

어느 날 짧은 치마에 화려한 옷을 입고 가방을 든 여자가 찾아왔다. 거지꼴 같은 우리 몰골과는 전혀 다른 모습이었다. 둘째 누님이라고 했다. 누님은 나에게 빵을 내밀었다. 생전 처음 맛본 빵은 입 안에서 살살 녹는 것 같았다. 갈색의 가장자리는 고소했고, 하얀 빵 부분은 부드러웠다. 누님은 나에게 잘 대해주었는데, 처음 본 데다가 나보다 훨씬 나이도 많아서 그냥 서먹서먹하기만 했다.

어머니의 얼굴에는 수심이 가득했다. '그냥 모르고 살지 왜 찾아왔느냐'면서 자꾸 돌아가라고 하시더니 이내 눈물을 흘리셨다. 눈치가 보여 먹던 빵을 슬그머니 놓으려니까 누님은 괜찮다며 먹으라고 했다. 며칠 뒤 누님은 들고 왔던 가방을 가지고 돌아갔다. 그 뒤에도 누님은 이따금 찾아왔고, 어머니는 그때마다 긴 한숨을 내쉬었다.

누님이 다녀가고부터 윗동네 총각과 연애한다는 소문이 퍼졌다. 어머니와 누님이 말싸움하는 일이 잦아졌다. 누님은 밤중에 나를 업고 못 둑으로 가 조 아무개 총각을 만났다. 그 총각과 도란도란 얘기하는 소리를 듣다가 나는 잠이 들곤 했다. 그런 일이 있고 나서 얼마 후 누님이 결혼을 한다고 했다. 그 당시 우리는 거지나 다름없었다. 총각네는 넓은 마당에 고래 등 같은 큰 기와집에 논과 밭이 있었다. 옛날에는 아주 잘 살았다고 했다. 그 집에서는 두 사람의 결혼을 결사반대했다. 홀어머니가 아들을 고등학교까지 보내며 고생해 키운 것에 대해 강한 애착이 있는 것 같았다.

두 사람의 결혼식 날 한 번도 보지 못했던 고급 승용차가 시골 동네에 들어왔다. 온 동네 아이들은 신기해서 그 승용차의 뒤를 쫓아가느라 정신이 없었다. 당시에는 하루 두세 번 먼 산 중턱에 하얀 먼지를 일으키면서 지나가는 버스를 보는 게 고작이었다. 결혼식은 신랑 집 마당에서 치러졌고, 결혼식이 끝나고 신랑 신부를 태운 승용차가 뽀얀 먼지를 남기며 사라졌다.

언제나 혼자였던 초등학교 등하굣길

외할머니가 돌아가시고 나서 나는 칠곡 초등학교에 입학했다. 집에서 학교까지의 거리는 약 4킬로미터 정도였다. 들과 밭을 지나 먼 길을 걸어서 다녔다. 학교생활은 재미있었지만 친구는 없었다. 학교 가는 길과 집으로 돌아오는 길은 언제나 혼자였다. 학교를 마치고 집으로 갈 때 자전거를 타고 가는 집배원 아저씨를 마주치곤 했다. 아저씨는 나를 언제나 따뜻하게 대해주었다.

그런데 어느 날 나도 모르게 아저씨가 타고 있던 자전거에 나무작대기를 던졌다. 넘어질 뻔했던 아저씨는 갑자기 왜 그러냐며 나를 혼냈다. 나도 그 이유를 몰라 대답을 할 수 없었다. 그냥 화가 났고, 괜히 눈물이 살짝 나왔다. 집배원 아저씨가 싫은 것도 아닌데 왜 그랬는지…. 지금 생각해보면 아버지가 없었던 내가 괜히 투정을 부린 게 아니었을까 싶다.

그렇게 학교생활은 계속되었다. 집에 돌아오면 엄마는 일하러 가서 없고 막내 형이 같이 있었다. 난 내가 무슨 잘못을 했는지도 모르는데 형은 항상 내게 화를 냈다. 그래서 형은 내게는 늘 무서운 존재였다. 어느 날 아침, 학교에 가려는데 형이 무슨 일로 화가 났는지 내 뒤를 쫓아 달려왔다. 형은 나보다 네 살이 더 많아서 덩치도 훨씬 컸다. 나는 화가 난 형이 무서워서 등에 메고 있던 책 보따리를 벗어 던지고 무작정 도망쳤다. 그 바람에 노란 양은 도시락이 튀어나왔다. 형은 분을 삭이지 못하고 도시락을 발로 밟아, 안에 들어 있던 보리밥까지 못 먹게 했다. 보리밥에 된장 반찬뿐이었지만 어머니가 정성껏 싸준 도시락이었다. 지금까지도 그 생각만 하면 상처에 소금을 뿌린 듯 마음이 쓰리다.

우리 둘의 싸움을 말리던 어머니는 눈물을 흘리며 가슴 아파했다. 어린 마음에도 나는 형이 나를 왜 그렇게 미워하며 괴롭힐까 생각했다. 형은 나와 생각과 행동이 모두 달랐고, 나에게 공격적이었다. 그때는 몰랐지만, 형에게 아버지가 다른 동생이 상처였을 것이다. 형은 중학교에 들어갈 나이가 되자 혼자 대구로 떠났다. 그 후 한동안 형을 볼 수 없었다.

칠곡 초등학교에 다니던 3년 동안은 무상 교과서를 받아 공부했다. 표지에는 '무상 지급 교과서'라는 도장이 크게 찍혀 있었다. 학교에서 급식을 나눠주기도 했는데, 집에서 가져온 빈 도시락에 전지분유를 물에 갠 덩어리 우유를 급식으로 받았다. 당시 학교에서 나눠주던 것들은 미국에서 원조를 받은 물품들이었다. 4학년 무렵에는 옥수수빵을 학교에서 직접 구워 나눠주었다. 그 빵의 맛과 향이 아직도 기억이 난다.

열심히 교회에 나가 신앙생활을 하던 어머니가 화양 읍내의 구읍 교회에 전도사로 가게 되었다. 어머니는 교회에 다니며 밝아졌고 활력을 찾는 것 같았다. 교회에 딸린 사택도 있어 어머니와 내가 가서 살 수 있다고 했다. 이사 가기 위해 소달구지에 짐을 싣고 짐 위에 올라탔다. 짐이라고 해봤자 조그마한 장독 몇 개와 이불, 옷 봇짐뿐이었다. 덜커덩거리는 소달구지를 타고 비포장도로를 지나면서도 큰 집으로 이사 간다는 사실에 기분이 한껏 들떴다. 3년 동안 다니던 칠곡 초등학교를 뒤로하고 화양읍 입구에 다다랐을 때는 해가 채 지기 전이었다.

산골 소년, 읍내 교회 사택으로 이사하다

읍내 집들은 산골 동네와는 달랐다. 집집마다 커다란 유리창 밖으로 형광등 불빛이 새어 나왔다. 산골 어두컴컴한 호롱불 아래 살던 나로서는 정말 신기하기만 했다.

사택은 교회 바로 앞에 있었다. 일본식 목조 건물이었는데, 집도 마당도 넓었다. 화장실이 집 안에 있는 것이 제일 좋았다. 밤에 등도 환하게 켜졌는데, 밤에 들어온 전깃불은 아침이 되면 꺼졌다. 이곳에서 어머니는 매일 새벽에 일어나 새벽 예배 종을 쳤고, 교회 청소도 하며 생활했다. 교회 일은 돈을 버는 일이 아니고, 신앙심으로 하는 일이어서 우리는 여전히 가난했다.

교회 일을 보고 난 후 남는 시간에 어머니는 학교로 가는 길목에 있는 남의 집 처마 밑에서 국화빵을 구워 팔았다. 어머니는 비가 오나 눈이 오나 가리지 않고 장사를 계속했다. 비 오는 날에는 군인들이 입는 국방색 우의를 처마에 이어붙여서 비를 피했다. 여기저기 비가 새기는 했지만 아늑한 공간이었다. 어머니가 어쩌다 주는 국화빵 팥소는 정말 맛있었다. 마냥 좋고 행복하기만 했다.

나는 이사와 동시에 화양 초등학교로 전학을 했다. 이곳에서도 전에 있던 초등학교와 마찬가지로 무상 지급이라는 도장이 찍힌 교과서로 공부했다. 그래도 학교생활은 두 분의 선생님 덕분에 행복했다. 4학년 때 아버지가 없던 내게 아버지 같은 추억을 만들어주고 나를 많이 아껴주셨던 임덕길 선생님이 생각난다. 선생님은 내가 잘못하면 혼을 내기보다 격려하고 용기를 주셨다. 냇가에서 함께 물고기를 잡으며 놀아주시기도 했다.

5, 6학년 때 담임을 맡으셨던 예만해 선생님은 엄하기도 했지만 공부에 대한 열정이 대단해 내가 좀 더 공부에 집중할 수 있었다. 교회까지 찾아와 어머니에게 나를 중학교에 꼭 보내라고 진학에 대한 이야기까지 진솔하게 나누었던 점에 감사하다 생각했다. 가난한 제자였지만 자상하게 돌봐주신 고마운 선생님들…. 나중에 찾아뵈려고 가보았지만 이미 두 분 다 하늘나라로 가신 뒤였다.

낯선 중년 신사의 방문

어느 날 머리가 희끗희끗한 중년 신사가 어머니를 찾아왔다. 그는 어머니와 오랫동안 이야기를 나누고 나오더니 내 머리를 쓰다듬어주고 돌아갔다. 나중에 안 일이지만 그 사람이 나의 아버지였다. 중학교 등록금과 사생아로 되어 있던 호적 정리 문제로 어머니가 먼저 연락한 것이다. 부산 어느 학교의 교장 선생님이라고 하는데, 이 사실은 어머니가 돌아가시고 내가 19살이 된 다음에야 알게 되었다.

중년 신사가 다녀가고 얼마 후 교회 사택을 나와 언덕 아래 집으로 이사를 갔다. 방 두 칸에 부엌이 딸린 아주 작은 초가집이었다. 작은 마당에는 널찍한 돌이 깔려 있었고 마당 한쪽에 작은 우물이 있었다. 집을 둘러싸고 있는 돌담 뒤 언덕에는 대나무밭이 있었는데, 바람이 살짝만 불어도 대나무밭에서 대나무 잎이 스치는 소리가 났다. 밤마다 화장실에 가기가 무서웠다.

그 집에서 초등학교 6학년 말까지 살다가 어머니가 다른 교회로 옮기게 되면서 다시 이사를 했다. 이사 간 곳은 바로 옆 동네였다. 중학교에 들어가게 된 나는 책상이 갖고 싶었다. 책상만 있으면 공부를 잘할 것만 같아 앉은뱅이책상이라도 사달라며 어머니에게 울고불고 떼를 썼다. 어느 날 어머니가 앉은뱅이책상을 머리에 이고 땀을 뻘뻘 흘리며 들어오셨다. "길아, 니 소원인 앉은뱅이책상 가져왔으니 이제 공부 열심히 해야 된데이."

기분이 날아갈 것만 같았다. 한편으로는 4킬로미터가 넘는 거리를 책상을 이고 오느라 힘들었을 어머니에게 미안한 마음이 들었다. 나는 '공부 열심히 해야지. 공부하라고 어머니가 십 리도 넘는 곳에서 무거운 책상을 이고 왔는데….' 하고 마음속으로 다짐했다. 그런데 책상 앞에만 앉으면 왜 그렇게 졸리던지, 나의 다짐은 졸음 앞에서는 여지없이 무너져내렸다.

얼른 돈 벌고 싶어 학교 대신 양복점으로

중학교 2학년이던 1971년, 나는 학교에 다니는 것보다 돈을 벌고 싶다는 생각이 들어 누님이 있는 부산으로 가야겠다고 다짐했다. 얼른 돈을 벌어 어머니를 호강시켜드리고 싶었다. 중학교 중퇴를 하겠다고 하자 어머니는 울면서 나를 말렸다. 일을 하기에는 너무 어리니 조금만 더 공부하라고, 중학교만이라도 졸업하는 게 어떻겠냐며 몇 번이고 다시 생각해보라고 했다. 하지만 나는 고집을 꺾지 않고 부산에 있는 큰누님 집을 찾아갔다.

큰누님은 마음이 따뜻한 사람이었다. 산동네 작은 셋방에서 어린 딸과 함께 살고 있던 큰누님은 싫은 내색 없이 나를 맞아주었다. 어려운 살림에 식구 하나 더 늘어나는 게 반가울 리 없었겠지만 내가 잘 지낼 수 있도록 배려해주고 보살펴주었다. 맏이인 큰누님과 막내인 나는 나이 차이가 무려 16년이나 났다.

가파른 산 중턱에 있는 큰누님네 집에서는 방문을 열고 내려다보면 바다가 보였다. 그렇게 가보고 싶었던 부산이었기에 어머니에 대한 그리움도 잊은 채 몇 날을 보냈다. 그러다가 국제시장의 한 양복점에 취직했다. 거기서 단추나 실 같은 것을 사오는 심부름을 하기도 하고, 간혹 양복의 단추를 달거나 바느질하는 법을 배웠다. 점심은 한 그릇에 30원 하는 국수로 때웠는데, 어느 진수성찬보다 맛있고 배가 불렀다.

얼마 지나지 않아 누님네는 옆집으로 이사했다. 누님 집과 한 집 건너에 이모네가 살고 있었는데, 두 집 사이에 있던 집을 이모네와 누님네가 같이 사서 반씩 나누어 살게 된 것이다. 판잣집이었지만 길쭉하게 생겨 두 세대가 살기에 안성맞춤이었고, 무엇보다 셋방살이는 면할 수 있었다. 길옆이라 방에 누워 있으면 골목을 지나다니는 사람들의 발자국 소리, 말소리가 다 들렸다. 그래도 단칸방보다 셋방살이보다 편했고 방도 넓었다.

누님은 부엌을 넓혀 작은 반찬가게를 시작했다. 충무동 골목시장에서 재료를 사서 무겁게 머리에 이고 가파른 계단을 오르며 힘들어하던 누님 모습은 지금도 가슴 아픈 기억으로 남아 있다.

양복점에서 1년 정도 심부름 일을 하다 보니 친구도 생기고 어느 정도 주변 사정을 알게 되었다. 양복점보다는 양장점에서 일하면 기술을 많이 배울 수 있고 장래성도 좋다는 말을 들었다. 그 말에 솔깃해 양복점에서 얼마 떨어지지 않은 곳에 있는 양장점으로 옮겼다. 그 양장점은 맞춤옷이 아니라 기성복을 만들어 파는 곳이었다. 양복점에서는 아저씨 혼자 재봉틀 한 대 놓고 일을 했지만 양장점에는 여섯 대의 재봉틀이 있었고, 직원들이 대부분 누나들이었다. 일을 하면서 누나들과 친해졌다. 누나들은 내게 매우 친절하게 대해줬다.

국제시장에서 자재 상가가 있는 보수동까지는 그렇게 먼 거리는 아니었지만 추운 겨울날과 더운 여름날이면 하루에도 몇 번씩 오가는 것이 힘들었다. 뙤약볕이 쏟아지던 여름 어느 날 심부름을 가기 위해 2층 양장점에서 1층으로 내려가는데 열려 있는 문 안으로 내 또래의 주인집 아들이 방 안에서 누워 TV를 보는 모습이 보였다. 갑자기 심부름 가기 싫다는 생각이 들었다. 부러운 마음에 '나도 나중에 저렇게 큰 TV를 놓고 꼭 봐야지.' 하는 다짐을 했다.

드디어 어머니를 부산으로 모셔오다

돈을 벌어 어머니와 함께 살고 싶다는 생각이 들었다. 부산에 온 후 얼마 동안 잊고 있었지만, 일을 하면서 어머니가 너무 보고 싶었다. 어머니에 대한 그리움이 쌓이다 보니 툭하면 눈물이 나왔다. 누님이 조금 큰소리만 해도 눈물이 나서 견딜 수가 없었다. 빨리 돈을 벌어 어머니와 함께 살겠다는 생각뿐이었다. 옆에서 지켜보던 누님이 내가 안쓰러웠는지 방이 좁아 힘들겠지만 어머니부터 모셔오자고 했다.

드디어 어머니가 부산으로 오셨다. 구름을 탄 것처럼 마냥 기뻤다. 비좁은 방이었지만 어머니와 잠들 수 있다는 게 즐겁고 행복했다. 어머니는 교회 생활도 활발히 하고, TV가 있는 이웃집에 가서 연속극을 보는 재미에 푹 빠졌다. 우리 집에 TV가 있어서 어머니가 남의 눈치 보지 않고 편히 볼 수 있었으면 얼마나 좋았을까 생각했다.

70년대 부산은 판자촌이 많았다. 누님 집도 산동네인 남부민동 골목의 작은 판잣집이었다. 대구 철공소에서 일하던 형도 부산으로 내려와 건빵공장에 취직했다. 건빵공장 한 편에 방이 있기는 했지만, 겨울에 난방이 되지 않고 여러 가지로 불편해 식구들과 함께 살기로 했다. 누님 집은 부엌을 개조해 반찬가게로 만들다 보니 방으로 들어가는 통로가 한 사람이 드나들기도 힘들 정도로 비좁았다. 형과 내가 돈을 벌고 있었기 때문에 두 사람의 봉급을 합치면 충분히 엄마를 모시고 살 수 있으리라 생각했다. 그래서 도로 바로 아래쪽에 있는 작고 허름한 판잣집을 얻어 누님 집에서 분가했다. 비록 허름하고 작은 판잣집이었지만 세 식구가 살기에는 괜찮았다.

중공업이 부흥했던 70년대는 쇠를 다루는 일이 기술이라고 했다. 철공소 일을 하던 먼 친척 형님은 만날 때마다 기술을 배워야지 양장점 같은 데 있으면 안 된다고 하셨다. 기술을 배워야 돈도 많이 받고 나중에 그 기술로 먹고 살 수 있다고 했다. 누님도 나에게 기술을 배우라고 설득했다. 무엇보다도 솔깃한 것은 월급이 양장점보다 많다는 것이었다. 어머니와 함께 살기 때문에 좀 더 많은 월급을 받고 싶었고 그래야만 했다.

친척 형님 소개로 감만동에 있는 철공소로 갔다. 깨끗한 일을 하다가 새까만 기름때가 묻은 다 떨어진 작업복에, 얼굴까지 시꺼먼 기름을 묻혀가며 일하는 모습을 보면서 별로 내키지 않았다. 많은 기계들이 무섭게 돌아가면서 내는 굉음도 마음에 들지 않았지만 그래도 월급을 많이 받을 수 있고 기술도 배운다는 생각에 거기서 일을 하기로 결심했다.

어린 나이지만 기술을 배운다는 자부심이 있어서인지 기름때로 반질반질한 작업복을 입고 출퇴근 만원 버스를 타도 부끄럽지 않았다. 철공소에서 일을 하면서도 공부를 하고 싶다는 열망이 있어 항상 한자 사전과 영어 단어집을 갖고 다니며 한자와 영어 단어를 익혔다. 그때 익혔던 한자는 나중에 도움이 되었다.

이따금 친척 형님이 우리 집에 오면 어머니와 누님에게 내 칭찬을 했다. 내가 부지런하고 일도 금방 배워서 형인 자기보다 낫다는 것이었다. 그러던 어느 날 프레스 기계를 다루는 사람이 돌아가는 기계에 장갑이 끼이면서 손을 다쳤다. 그것을 보고 엄청난 충격을 받아 며칠간 일을 제대로 할 수가 없었다.

어느 날 이모님이 우리에게 주물공장에서 일을 해보는 것이 어떻겠냐고 했다. 잘 아는 사람이 주물공장에 다니는데, 일은 좀 힘들지만 철공소보다 돈을 많이 받고 주물 기술도 배울 수 있다고 했다. 건빵공장에서 일하는 스물두 살 형의 월급과 철공소에서 일하는 열여덟 살 내 월급을 합해도 세 식구가 집세 내가며 먹고 살기가 쉽지 않았다. 나는 주물공장에서 일을 하기로 했다. 주물공장은 공장지대 변두리에 있었다. 집에서 버스를 타고 한 시간 넘게 가야 하는 먼 거리였다. 일도 시내에서 하던 것과는 전혀 다른 분위기였다. 쇳물을 붓다가 뜨거운 쇳물이 발등에 떨어져 발등을 데기도 했다. 덴 상처에 쇳독이 올라 발목과 다리 전체가 허벅지 굵기만 하게 부었지만, 일을 하루도 쉬지 않았다. 하루라도 쉬면 하루의 일당이 나오지 않기 때문이다. 지금도 남아 있는 발등의 흉터를 보면 그때의 일들이 떠오른다.

어머니가 싸준 도시락 들고 주물공장으로 출근

그러다 주물공장 근처 주례동에 작은 단칸방을 얻어 어머니와 함께 살게 되었다. 건빵공장에 다니는 형은 집에 잘 오지 않았다. 흙을 찍어 나르고 끓는 쇳물을 받아 붓는 일은 많이 힘들었지만 월급으로 보상이 되었다. 무엇보다 어머니가 싸준 도시락을 들고 출근하는 나는 세상 부러울 것 없이 행복했다. 도시락 반찬은 항상 김치 한 가지였다.

여느 때와 마찬가지로 어머니가 챙겨주신 도시락을 가지고 즐겁고 행복한 마음으로 출근을 했다. 작업복으로 갈아입고 나서 작업화를 신고 끈을 동여맨 후 작업을 시작하는데 작업화 바닥이 터져버렸다. 이상한 기분이 들었지만 작업을 계속했다. 오전 작업이 끝나고 점심식사를 하려는데 갑자기 이웃집 사람이 공장에 달려와 어머님이 쓰러지셨다고 했다. 한달음에 달려가 보니 방 한가운데 어머니가 누워있고 옆에서 교인들이 예배를 보고 있었다. 어머니는 한쪽 눈이 풀린 채 말을 잘 못 했다. 나는 어찌할 바를 모른 채 갑자기 누님에게 가야겠다는 생각으로 버스정류장으로 달렸다. 그날따라 버스가 느리게만 갔다. 버스에 내리자 마자 언덕길을 달려 올라가 누님 집 가게 문을 벌컥 열고 들어갔다. 누님이 놀라면서 "뭔 일 있지!" 하고 오히려 아는 듯이 되물었다.

누님과 함께 택시를 잡아타고 급히 집으로 향했다. 집에 도착해서 보니 어머니의 상태는 아까보다 더욱 안 좋았다. 어머니는 심방을 하다 쓰러졌다고 했다. 누님은 아픈 사람을 병원으로 데려가지 않고 예배만 본다고 화를 냈다. 택시로 어머니를 모시고 누님 집으로 향했다.

어머니에게 침을 놓아줄 사람을 찾았다. 간신히 수소문해서 찾은 침술사는 어머니에게 '중풍'이 왔다며, 시간이 너무 많이 지나서 바로 돌아오기는 좀 힘들겠다고 했다. 침을 맞고 난 후 어머니의 한쪽 눈은 약간 떠지는 듯했으나 이내 풀어졌다. 한쪽 팔다리에 힘이 없었고 말씀도 어눌하게 겨우 몇 마디 했다. 심방을 가는데 수증기 같은 열기가 확 올라오면서 정신을 잃었다고 한다.

처음 며칠간은 금침을 맞다가 가격이 너무 비싸 일반 침으로 바꾸었다. 어머니는 매일 침을 맞았다. 마음이 아프고 안타까웠지만 어린 나로서는 경제적인 면에서 한계를 느꼈다. 누님이 매일 대소변을 받아내고 중풍에 좋다는 오리를 고아 드리며 정성을 다해 간병을 했다.

어머니는 자식들에게 피해를 안 주시겠다고 혼자서 일어나는 연습을 했다. 오그라진 손도 펴보려고 애를 썼다. 많이 먹으면 대소변 받아

내기 힘들다고 식사를 잘 안 하려고 할 때는 마음이 아팠고 눈물이 났다. 그러면서 늘 자식들 고생 많이 시키지 않고 빨리 하늘나라로 갈 거라고 말했다. 그런 소리를 들을 때마다 두렵기도 했고 마음이 몹시 아팠다. 매일 맞던 침도 얼마 후에는 사나흘 간격으로 맞다가 나중에는 거의 맞지 않았다.

어머니의 죽음과 함께 끝난 인생 1막 1장

어머니가 쓰러지시고 석 달이 채 되지 않은 날이었다. 주물공장에서 퇴근을 하고 집에 들어서는데 누님이 울고 있었다. 놀라서 방으로 들어가니 어머니가 눈을 감고 누워있었다. 나는 "엄마, 엄마." 하고 부르다가 흔들어보았다. 어머니는 겨우겨우 눈을 뜨고 말을 하는데 거의 알아들을 수 없을 정도로 어눌했다. 나는 울면서 "엄마, 왜 그래."라고 했지만 어머니는 "우리 길아 불쌍타."라고 하다가 그것마저도 발음이 되지 않는지 "길~ 불~", "길~ 불~"이라고만 반복했다. 그러더니 이내 눈을 감고 자는 듯했다. 어른들은 저승 잠을 잔다고 했지만 나는 무슨 말인지 이해가 되지는 않았다. 그냥 몸이 좀 더 좋아져서 편하게 잠을 자는구나, 죽은 듯이 잠을 자서 저승 잠이라 하나? 혼자서 생각하며 자고 일어나면 괜찮아지시겠거니 기대감을 가졌다.

다음 날도 어머니는 아무런 말 없이 잠만 잤다. 누님은 아직 괜찮으니까 공장에 출근하라고 했다. 그날 하루가 어떻게 가는지 모르게 일을 하고 끝나기가 무섭게 퇴근을 했다. 집에 오자마자 "엄마." 하고 부르니까 어머니가 "응." 하고 대답했다. 누님더러 "엄마 대답한다."라고 했더니 누님이 얼른 어머니를 불렀다. 그러나 어머니는 아무런 기척이 없었다. 누님은 땀에 젖은 담요를 갈아드리면서 "이제 엄마 깨끗하게 하고 가시려나 보다."라고 했다. 약간 부어 있던 어머니의 얼굴과 몸이 하루 종일 흘린 땀에 씻겨져서인지 놀라울 정도로 옛 모습처럼 깨끗해지고 부기가 빠져 있었다.

옆에 앉아서 바라보면서 "엄마."라고 불러도 아무런 답이 없이 그냥 코를 골고 자는 것 같았다. 어머니 옆에서 잠을 자는 둥 마는 둥 하다 새벽녘에 기척이 있어 깼다. 어머니는 숨을 더욱 가쁘게 쉬더니 어느 순간 '뚝' 하는 소리와 함께 눈을 번쩍 떴다. 누님이 얼른 눈을 감기며 울었다. 나는 정말 어찌할 바를 몰랐다. 어머니를 잃었다는 슬픔과 두려움으로 눈물이 멈추지 않았다.

돌아가신 어머니의 옷을 갈아입히고 화장도 시켜드렸다. 입관한 어머니의 모습은 곱디 고왔다. 18년밖에 함께하지 못한 아쉬움에 더해,

그동안 어머니 속만 썩여왔던 나 자신을 생각하니 끝없이 눈물만 쏟아졌다. 공원묘지에 안장을 시키고 돌아오는데 도무지 실감이 나지 않았다. 그저 멍하니 눈물만 하염없이 쏟아졌다.

열여덟 살에 내 인생도 끝이 났다는 생각이 들었다. 살고자 하는 의욕도, 뭔가 해보겠다는 생각도 다 없어졌다. 내겐 아무것도 없었다. 난 아무것도 아니었다. 1974년 봄이 오기 전의 일이었다.

주물공장에서 다시 냉동창고로

어머니의 장례를 치르고 나서 주물공장을 그만두고, 누님 집으로 옮겼다. 어머니를 잃은 슬픔에 툭하면 눈물이 나왔다. 누님은 걱정과 안타까움으로 한숨만 쉴 뿐이었다. 주변에서 걱정해서 해주는 이야기들도 서운하게만 들렸고 나 자신에 대해 왠지 모를 회의감이 자꾸 들었다. 그런 나에게 누님은 어머니를 대신해서 먹을 것, 입을 것까지 살뜰하게 챙겨주었다.

그 무렵 옆집 아주머니가 다니는 오양냉장에서 남자 직원을 채용한다는 이야기를 들었다. 집에서 바로 내려다보이는 가까운 곳이어서, 마땅한 직장에 들어갈 때까지 다녀보기로 했다. 면접을 보고 나서 작업장을 둘러보는데 하얀 가운을 입고 모자와 마스크를 착용한 수십 명의 여성들이 일을 하고 있었다. 흙먼지 야외에서 뜨거운 쇳물을 나르는 주물 공장의 힘든 노동에 비하면 실내에서 하는 그 일은 별로 힘들지 않아 보였다.

다음 날부터 바로 출근했다. 작업장에서는 이삼백 명은 족히 되는 수많은 여성들이 작업 공정별로 구역을 나누어 일을 했다. 한 곳에서는 명태의 껍질을 벗기고 가시를 발라냈고, 다른 곳에서는 발라진 살을 적당한 크기로 잘라 소금을 뿌렸다. 또 다른 곳에서는 박스에 가지런히 담아 포장을 했다. 마지막 손질 과정은 관계자 외 출입을 제한하며 위생적으로 관리했다. 위생복은 기본이었고, 작업화도 소독 물에 담가 소독을 하는 절차가 있었다. 포장된 박스는 대형 냉동고에 하루 보관했다가 다음 날이면 일본으로 수출되었다.

나는 동태 상자를 손수레에 실어 나르거나 그 밖의 잡다한 일을 했다. 냉동된 동태를 실어다 물이 가득 찬 커다란 통에 담가 녹이고, 해동된 명태를 가시와 껍질을 분리하는 곳에 가져다주고, 작업하고 남은 가시와 껍질을 치우는 일이었다. 얼핏 보기에는 쉬운 것 같은데 요령을 모르니 힘만 들었다. 하루 종일 정신없이 바빴지만 일을 제대로 하질 못했다. 해동시킨 명태를 작업자들에게 빨리 가져다줘야 하는데, 작업해야 할 물량이 떨어지면 여기저기서 "빨리 명태 갖다 줘!"하는 고함이 튀어

나왔다. 제대로 녹지 않은 걸 갖다 주면 작업자들에게 꾸중을 듣기도 했다. 조별 업무 할당량이 있어 그걸 채우지 못하면 조장으로부터 심한 질책을 받았다.

작업할 때는 모자와 마스크로 얼굴을 다 감쌌기 때문에 한동안은 누가 누군지 알 수가 없었다. 점심시간이나 야근하는 날 저녁식사 시간에야 직원 식당에서 얼굴들을 볼 수 있었다. 열심히 일을 배우는 열여덟 살 소년이 직원들에게는 귀엽게 보였던 것 같다.

그렇게 몇 달간 성실하게 일했더니, 사람들에게 '일 잘하고 착하고 귀여운 총각'으로 불리며 온몸에 관심을 받았다. 친절히 대해주는 누나들도 많았고, 그중에는 점심시간이면 내 테이블에 일부러 와서 같이 밥 먹자는 사람도 있었다. 왠지 쑥스럽고 가슴이 콩닥거렸지만 기분이 나쁘지는 않았다. 그중에서도 충청도가 고향인 최 씨 누나가 나를 많이 챙겨주었는데, 나중에 폭발 사고가 나서 병원에 입원해 있을 때 친 누님처럼 나를 간호해주기도 했다.

삶과 죽음의 갈림길, 냉동창고 폭발사고

일은 즐거웠다. 일도 익숙해졌고 같이 일하는 사람들과의 관계도 좋았다. 누님은 엄마를 대신해 여러 가지로 나에게 신경을 써주었다. 그러다 보니 슬픔도 조금씩 덜해갔다.

그날은 여느 때와 마찬가지로 작업복으로 갈아입고 명태를 날라주며 열심히 일을 하고 있었다. 냉동고 청소를 하라고 하기에 늘 그랬던 것처럼 고무호스를 꺼내 냉동고 냉동판에 물을 뿌렸다. 얼었던 냉동판에 물을 뿌리면 얼음 녹는 소리가 쩍쩍 났는데, 평소에도 이 소리를 들으면 기분이 별로 좋지 않았다. 그런데 그날은 쩍쩍 소리가 아니라 '펑' 하는 소리가 났다. 호스에서 나오는 물 압력처럼 뿌연 연기 같은 것이 쏟아져 나오는 순간 숨이 막히는 듯했다. 본능적으로 명태를 날라주는 작은 통로로 향해 뛰쳐나가야 한다는 생각은 했는데 미처 나갈 수가 없었다. 하얀 가운을 입은 사람들이 우르르 쓰러지는 것이 아련히 보였다. 그 후로는 기억이 없다.

얼마의 시간이 흘렀는지, 누가 "길아, 길아." 하고 부르는 소리가 들렸다. 발이 무척 아팠다. 나를 부르는 사람은 바로 누님이었다. 말을 할 수가 없었다. 발을 가리켰다. 병원 철 침대 받침 사이에 발이 끼어 있던 모양이었다. 혼수상태에 있어서 정신이 없었던 상황이라 발이 끼어 있는지도 몰랐던 것 같다. 누님이 '어디가 아프냐'고 묻는데 발을 빼내고 보니 발이 제일 아팠다. 퉁퉁 부어 있었다.

그러고 얼마 있으니 형사 두 명이 찾아왔다. 그동안 혼수상태라 기다렸다면서 경찰서에 가서 조사를 받아야 하는데 병원에 입원 중이니 그냥 여기서 몇 가지만 묻겠다고 했다. 그들은 심각한 표정으로 청소를 누가 시켜서 했으며, 몇 시에, 어떻게 했느냐고 꼬치꼬치 따져 물었다. 심각하고 딱딱한 태도에 괜히 긴장이 되었다. 나는 평소에 했던 것처럼 했다고 대답했다. 형사는 시원치 않은 표정으로 재조사를 받을지도 모르니 퇴원하게 되면 행선지를 꼭 알려 달라고 하고 돌아갔다. 기분이 영 좋지 않았다. 마치 내가 잘못해서 사고가 난 것처럼 대하는 게 억울했다.

혼수상태에서 깨어나 얼마 되지 않는 상태에서 경찰 조사를 받은 것도 기분이 매우 좋지 않았지만, 누가 얼마나 죽었고 지금 사경을 헤매는 사람도 있다는 등 여러 소리를 들으니 마음이 불안하고 초조했다.

그런 가운데 병원 생활은 계속되었고 무성한 말들은 시간이 지나면서 수그러들었다. 정신이 들고 며칠 지나 회사에서 친절하게 대해주던 최씨 누나가 왔다. 내가 혼수상태에 있을 때도 다녀갔다고 했다. 그 누나는 내 병간호를 자처했다. 충북 보은이 고향인 그 누나는 퇴원할 때까지 하루도 빼놓지 않고 자상하고 친절하게 내 병실을 지켜주었다. 난생처음 해본 병원 생활은 여러 가지로 새로웠다. 국회의원이 방문해 위로금으로 오천 원을 주고 갔다. 그 당시 나의 월급에 비교하면 큰돈이었다. 몸은 날로 좋아졌고 우려했던 부작용이나 다른 병세는 나타나지 않았다. 한 달 가까운 병원 생활을 마치고 퇴원을 했다. 의사 선생님은 별일 없을 것이라고 했다. 그 후 40년이 지났지만 그때 그 일 때문에 아픈적은 없었다.

검찰 출두 명령을 받다

병원에서 조사를 받고 난 후 회사에서 사람이 와서 별일이 없을 것이라고 안심을 시켜주었다. 퇴원할 때도 별일 없을 것이란 확답을 받았는데, 퇴원하자마자 부산 서부지검에서 출두 명령서가 날아왔다. 회사에 쫓아가 내가 피해자인데 왜 검찰에 가야 하는지 말해달라고 했더니 경찰 조사 확인 차 그러는 거니까 확인만 해주면 된다고 했다. 내심 걱정은 되었지만 아무 일 없을 거라고 회사에서 확언해주어 서부지검으로 갔다.

날씨도 추웠지만 처음 가보는 검찰청이어서인지 온몸이 떨렸다. 아침 9시까지 오라는 명령서를 들고 8시에 도착해 기다렸다. 9시가 될 무렵 회사 사람이 와서 검찰청 담당 검사실 안으로 안내를 하고 돌아갔다. 담당 검사실에 들어서니 젊은 검사와 그보다 나이가 좀 든 계장이라는 사람, 그리고 다른 직원 한 명이 있었다. 타자기 앞에 앉은 계장이라는 사람이 이름과 나이, 주소를 대라고 했다. 그리고는 '청소를 몇 시에 누가 시켜서 했으며 어떻게 했냐'고 물었다. 병원에서 형사가 질문한 것과 똑같았다. 나는 "평소에 했던 것처럼 시키는 대로 청소를 했습니다."라고 말했다. 내 입에서 말이 떨어지기 무섭게 타자기에서 바로 타닥타닥 소리가 났다.

이번에는 젊은 검사가 나서서 나에게 겁을 주었다. "이번 이 사고, 네가 낸 것 맞지!"라며 "너, 바른대로 말하지 않으면 바로 감옥에 집어넣을 거야!"라고 소리쳤다. 나는 완전히 주눅이 들어 온몸이 굳어지는 것 같았다. 계장이라는 사람이 옆에 둔 엄청 두툼한 서류 뭉치를 뒤적이면서 "네가 경찰에 얘기했던 내용들이야."라고 했다. 나는 깜짝 놀랐다. 병원에서 정신이 혼미한 상황에서 잠깐 몇 마디 한 게 다인데 어떻게 저렇게 많은 서류가 만들어졌을까? 그 와중에도 신기한 생각이 들었다.

계장이 "네가 병원에서 형사들에게 무슨 말을 했는지 해봐."라고 했다. 나는 "병원에 있을 때 형사님이 오셔서 몇 가지 질문을 했었는데 그때는 정신이 몽롱해서 무슨 말을 했는지 잘 모르겠습니다."라고 말했다. 그랬더니 "이 자식 봐라, 빠져나가려고 궁리를 아주 많이 했구만?"이라는 말이 돌아왔다. "이 자식 안 되겠네. 이 계장, 이 자식 바로 집어넣어." 검사가 말하며 지휘봉으로 내 머리와 배를 찔렀다.

9시 조금 지나서부터 시작된 취조는 12시까지 계속되었다. 점심시간이 되니 점심 먹고 1시까지 다시 오라고 했다. 취조실을 나오는데 입

안이 쓰디쓰고 목이 메었다. 근처 중국집에서 짜장면을 시켰는데 짜장면이 목에 넘어가지 않아 몇 번 뒤적거리다가 거의 못 먹고 그냥 나왔다. 왠지 모를 초조함과 긴장감으로 온몸이 굳어지는 것 같았다. 도살장에 끌려 들어가는 소처럼 다시 담당 검사실로 들어갔다. 계장이라는 사람이 안도하는 듯 "그래, 왔구나. 점심 맛있게 먹었니?" 하며 친절하게 대해줬다. 그러면서 "오후에는 성과를 내보자."라고 했다. 젊은 검사도 "점심도 먹었으니, 네 잘못에 대해 정확하게 얘기해야 한다."라고 했다.

도대체 뭔 성과를 내자는 건지, 무슨 잘못을 정확하게 얘기해야 한다는 것인지 도통 몰랐다. 나는 긴장되었으나 할 말은 별로 없었다. "네가 사고를 냈지 않았느냐"고 자꾸 추궁하는 검사의 말이 무슨 말인지조차 이해가 되지 않았다.

"네가 사고 낸 거 맞지?"

오후에도 똑같은 신문이 계속되었다. "네가 냉동판에 호스로 물을 뿌렸고, 냉동판의 연결 호스가 빠져 많은 사람이 죽고 다쳤는데 네가 사고 낸 거 맞지?"라고 추궁을 하면 "저는 청소하는 날이라 시키는 대로 평소에 했던 것처럼 청소를 했습니다."라고 대꾸를 할 뿐이었다. 사실이 그랬다. 청소하는 날이 정해져 있었고, 청소를 할 때는 호스로 물을 뿌려서 얼어 있는 냉동판을 녹여 얼음을 제거했던 것이다. 그날이라고 다르게 청소한 것은 아니었고, 내가 호스를 빠지게 한 것은 아닌 것 같았다. 시키는 대로 청소를 했을 뿐인데, 억울하고 서러웠다.

그들의 말대로 성과가 나지 않고 생각한 대로 정확한 인과 관계가 나오지 않으니까 짜증이 나는 듯했다. 그들은 전화로 서부경찰서 수사과장을 불렀다. 얼마 지나지 않아 머리가 희끗희끗한 중년의 수사과장이 문을 열고 들어섰다. 젊은 검사는 다짜고짜 서류뭉치를 수사과장에게 집어던지면서 '도대체 당신들 일을 어떻게 일을 이따위로 하느냐'고 고함을 질렀다. 수사과장은 그 자리에서 머리를 조아리며 "영감님, 죄송합니다. 노여움을 푸십시오."라고 애원하다시피 했다. 그 모습을 보면서 나는 온몸에 피가 말라버리는 것 같았고 몸이 완전히 오그라드는 것 같았다. 젊은 검사는 문을 박차고 나가버렸다. 계장과 수사과장은 뭐라고 얘기하면서 나를 힐끗 쳐다보더니 작은 소리로 "쟤한테는 아무것도 없는 것 같다."라고 했다.

젊은 검사가 들어오니까 수사과장은 비굴하리만치 아양을 떨면서 "영감님, 이번엔 약간 부족했지만 다시 수사해서 조서도 다시 만들어 날짜에 맞춰 올리겠습니다."라고 했다. 조금 전과는 달리 젊은 검사도 부드러운 말로 "조서 서류 시일 늦지 않게 올리고 잘하세요."라고만 했다.

수사과장은 몇 번이고 몸을 굽히면서 인사를 하고 방을 나갔다.

　오그라진 몸을 조금 펴보려는데 계장이 화장실에 다녀오라고 했다. 젊은 검사가 혼자 보내도 괜찮겠냐고 물었지만, 계장은 그냥 갔다 오라고 했다. 화장실 갔다가 들어가니 검사와 계장이 이야기를 나누고 있었다. 분위기가 조금 전보다는 훨씬 부드러운 것 같았다. 젊은 검사가 시계를 보더니 "벌써 다섯 시가 다 됐네. 마무리하고 보내요."라고 했다. 계장은 내게 주의사항을 알려주었다. "아직 불구속 수사 중이니까 어디 갈 때는 행선지를 꼭 알려야 해. 도망가거나 숨을 생각을 하면 큰일 난다."라고 몇 번이나 얘기했다. 계장과 젊은 검사는 "오늘 수고 많았고, 고생했어."라며 '조심해서 가라'는 말까지 했다.

　밖으로 나오는데 다리가 풀리면서 휘청거렸다. 하루가 이렇게 길게 느껴진 적은 없었다. 바싹 마른 입 안이 쓰디썼다. 고개를 들어 하늘을 보는데 왠지 억울하고 서러운 마음에 눈물이 왈칵 쏟아졌다. 검찰청 앞에 멍하니 서 있는데 회사 상무라는 사람이 와서 "수고 많았고 고생했다."라고 위로의 말을 건넸다. 나는 '내가 왜 이렇게 취조를 받아야 되느냐, 내가 피해자 아니냐'고 따져 물었다. 그는 미안하다며 "다음에는 이런 일이 없을 것이다. 앞으로는 회사에서 다 알아서 하겠다."라고 말했다.

시키는 대로 일만 했을 뿐인데 집행유예 6개월

검찰청에서 취조를 받고 나온 지 며칠 지난 후 회사에서 사람이 왔다. 어디 먼 친척집에 가 있다가 연락하면 오라고 했다. 옛날 팔조령에서 결혼해서 경기도 평택에 살고 있는 작은누나 집으로 갔다. 그곳에서 한 달 정도 있으니까 법원에서 연락이 왔다고 내려오라고 했다. 나는 부산으로 내려와 출두 날짜에 맞춰 서부 지방 법원으로 갔다.

법정에 들어서니 푸른 죄수복을 입고 포승줄에 묶인 사람들이 맨 앞에 앉아 있었고 나는 안내원의 지시에 따라 그 옆자리에 앉았다. 판사가 들어오자 "기립!"이라는 소리에 모두 자리에서 일어섰고, 판사가 자리를 잡고 앉자 "착석!"이라는 소리에 전부 앉았다. 그 분위기에 무척 긴장되고 약간 떨기까지 했다. 판사가 "사건 번호 몇 번 법정 심리 몇 번에 걸친 선고 공판을 시작하겠습니다. 변호인 측 참고인 출석했습니까?"라고 물으니 "예, 출석했습니다."라는 대답이 들려왔다. 변호사가 죄수복을 입고 있는 사람들을 한 사람씩 변론하기 시작했다. 시간이 꽤 지나서야 마지막으로 내 차례가 왔다.

판사와 방청석을 향해 변론했다. "존경하는 재판장님, 저는 개인적으로 마음이 아픕니다. 나이 이제 겨우 열여덟 살, 저 어린 나이에 무슨 죄가 있다고 법정에 세워야 한단 말입니까! 먹고 살기 위해 시키는 대로 일을 했을 뿐인데 말입니다. 더구나 이번 사고로 상해를 입어 병원에서 한 달 가까이 치료를 받았습니다. 아직도 회복이 덜 된 상태에서 한쪽 귀마저 잘 들리지도 않고, 앞으로 건강이 어떻게 될지 모르는 어린아이입니다."

나는 눈물이 났다. 사실이 그러했다. 나는 그냥 시키는 대로 청소를 했을 뿐이었다. 변론이 끝나고 조금 있으니까 선고를 한다고 맨 앞줄에 있는 우리들을 서게 했다. 긴장이 되었다. 재판장이 선고를 했다. 피고 누구 몇 년 몇 개월 집행유예 몇 년. 앞서 구속되어 있던 냉동관리 책임자부터 차례로 선고를 했다. 맨 나중에 내 이름과 집행유예 6개월이라는 소리만 내 귀에 아련히 들리는 듯했다. 멍하니 서 있는 나는 당시 집행유예가 뭔지도 잘 몰랐다. 재판이 끝나고 밖으로 나왔는데 약간 어지러웠다.

나의 아버지는 누구인가

재판이 끝났지만 다시 회사로 돌아가고 싶지 않았다. 누님도 내 몸 상태도 어떤지 알 수 없다며 집에서 좀 쉬라고 했다. 누님은 한약을 지어주는 등 나의 건강에 신경을 써주었다. 그렇게 집에서 쉬고 있던 어느 날,

옆집에 사는 이모님이 신문을 보다가 "네 아버지 죽었더라."라고 말을 걸었다. 나는 무슨 말인지, 누구보고 하는 말인지 잘 몰라 주변을 봤지만 아무도 없었다. 나는 이모님께 "머라꼬요? 이모 머라캣는교?"라고 되물었다. 내가 놀라니까 이모는 약간 움찔하다가 아무런 일이 없다는 듯이 "너거 누나가 말 안 해주더나? 신문에 죽었다고 부고기사가 나왔다 아이가."라고 했다.

이모님 말에 신문 아래쪽에 실려 있는 동그란 사진을 봤다. 어릴 때 구읍교회에서 한 번 봤던 흰머리의 그 사람 모습이 사진에 있었다. 이모님은 대수롭지 않다는 듯 말을 이었다. "너거 애비라는 사람이 학교 교장이었지. 잘 생기고 술도 잘 먹고…."라고 하더니, "나쁜 인간 같으니라고." 하고 말하고는 혀를 쯧쯧 찼다.

나는 슬그머니 이모 집을 나와 바다가 잘 보이는 뒷산 언덕에 한동안 멍하니 앉아 있다가 누님에게 갔다. 누님은 나를 보자 깜짝 놀라면서 "어데 아프나? 얼굴이 와 그라노?"라고 말했다. 누님의 말에 갑자기 눈물이 쏟아졌다. 감당할 수 없는 무엇인가가 나를 짓누르는 것 같았다. 그동안 이상하다고 느꼈던 것들을 한순간에 알아버리게 된 것이다. 딱 한 번 봤는데도 흰머리의 그 중년 신사가 왜 이따금 한 번씩 떠올랐는지 이해가 됐다. 다그쳐 묻는 누님에게 이모가 신문에 난 얘기를 해주시더라는 대답을 하자 얘기가 채 끝나기도 전에 누님은 "할마시가 미쳤구나!" 하면서 벌떡 일어나 이모님 집으로 쫓아갔다. 나도 뒤쫓아 달려갔다.

이내 이모 집에서 누나의 비명 같은 고함이 들렸다. 애한테 무슨 소리를 했냐고, 안 그래도 지금 몸이 좋지 않은데 그게 이모가 할 소리냐고 했다. 이모님도 목소리를 높였다. "와! 내가 없는 소리 했나! 신문에 나서 내가 말했는데 뭐가 잘못 됐노!"

누님이 우는 소리가 들리더니 잠시 후 나에게 다가와 말했다. "길아, 아무것도 아이다. 니는 알 필요도 없고 마음 쓸 것도 없데이". 나는 집에서 나와서 무작정 걸었다. 사고가 났던 오양냉장 앞을 지나 수협 공판장을 지났다. 등대가 있는 곳으로 가서 멍하니 바다를 바라보다가 가게에 들어갔다. 빨간 딱지에 두꺼비가 그려져 있는 소주를 다섯 병 샀다. 등대 끝에 앉아 소주를 다 마셨다. 언제, 어떻게 누님 집으로 갔는지 기억이 없었다. 깨어보니 누님이 울고 있었다. 이틀 만에 깨어났다고 했다. 누님은 아무런 얘기도 안 했다. 나도 뭔가 어색했다.

돌아가셨다는 학교 교장 선생님은 나와 성이 달랐는데, 어째서 이모님이 내 아버지라고 했는지 궁금했다. 어릴 때부터 나하고는 뭔가 달랐던 형은 진짜 내 형일까? 당사자들은 이미 세상을 떠나고 없는데 어디가서 물어볼 것인가. 막막하면서도 몹시 궁금했다. 얼마 후 이모님한테 지나가는 말로 물으니 이모님이 손사래를 치며 "나는 니한테 말한 것밖에 모른다."라고 잡아뗐다. 누나한테는 절대 말 안 할 테니 그 얘기만 해달라고 했다. 그랬더니 이모는 좀 더 구체적으로 나에 대해서 이야기해 주었다. "니 형하고는 애비가 다르고 니는 니 혼자인기라." 처음 엉겁결에 들어 무슨 소리인지 잘 몰랐을 때와는 확연히 달랐다. 마음에 동요가 일었다.

이모 집을 나오는데 허공을 둥둥 떠다니는 것처럼 걸음이 잘 느껴지지 않았다. "그래, 내가 생각했던 게 맞네. 맞는 거야! 진짜 형이면 옛날부터 그렇게 내게 못되게 굴지는 않았겠지." 갑자기 어머니가 보고 싶다는 생각이 간절해지면서 쏟아지는 눈물을 주체할 수가 없었다. 집으로 가면 누님에게 들킬 것 같아 산복 도로 위 바다가 보이는 곳에 앉아 한참을 울다가 지나다니는 배를 멍하니 보며 시간을 보냈다. 이모님이 한 말 중에 "니는 혼자인기라."라는 말이 머릿속에 맴돌면서 약간의 두려움과 외로움이 엄습했다.

2장

바다 사나이

원양어선을 타다

병무청에서 신체검사 통지서가 왔다. 나는 쾌재를 불렀다. 군대에 가서 정말 멋진 군인이 되고 싶었다. 그러나 신체검사에서 면제 판정을 받았다. 호적에 외할아버지가 호주로 되어 있었던 걸 이때 알았다. 내가 사생아라는 사실이 서류로 확인되는 순간이었다. 이미 마음의 아픔을 겪고 있는 터라 군대 못 가는 것에 대해서도 '그래, 어쩔 수 없지.' 하는 자포자기의 마음이 들었다.

별로 하는 일 없이 빈둥거리며 배가 들어오고 나가는 바다를 멍하니 바라보고 있는 나 자신이 답답하고 한심했다. 바다를 바라보면서 배를 타고 멀리 어디론가 가고 싶었다. 내가 사는 동네에는 배 타는 사람이 한 집 건너 한 집 있을 정도로 많았다. 누님에게 원양어선을 타고 싶다고 했더니 "원양어선은 고생 디게 한다 카든데 어째 타겠노. 알아볼라면야 밑에 집에 알아보믄 안 되겠나만…. 그 집 아저씨 원양어선 탄다 카든데 물어나 보꾸마." 하면서 한숨을 쉬었다.

말을 해놓고도 며칠간 속으로 고민했다. 원양어선 일이 여간 힘든 게 아니라는 말을 많이 들은 터였다. 그리고 며칠이 지났다. 저녁 무렵, 아랫집 아주머니가 우리 집에 왔다. 누님에게 "아지매, 우리 집 아저씨 지금 집에 왔는데예, 저번에 동생 배 탄다고 카더만 얘기 한번 해보이소. 지금 오이소" 하고는 휑하니 갔다. 바로 뒤따라 그 집으로 갔다가 한참 만에 온 누님이 걱정스러운 얼굴로 말을 꺼냈다. "길아, 원양어선은 디게 힘들고 한번 나가면 3년이나 있다가 온다 카는데 타겠나? 그리고 뭐라 카더라 아~ 사모아인가 뭔가 디게 먼데 간다 카더라. 니가 탈라 카먼 내일이라도 당장 태워줄 수 있다 카더라. 그리고 니는 뭐가 그래 급해 갖고 자꾸 배를 탈라 카노? 좀 놀고 있으면 기술 배울 자리 나올지도 모를 낀데, 좀 생각해봐라." 누님은 크게 한숨을 쉬었다.

어떻게 할까? 혼자서 수백 번을 나 자신에게 되물었다. 밤새 잠은 오지 않고 고민하다가 해가 밝자 누님에게 말했다. "내, 배 타러 갈라요. 밑에 집 아저씨한테 배 탄다 카소." 마음의 결정을 하고 나니 급해졌다. 당장 떠나고 싶었다. 누님은 "니가 자꾸 그래 싸니께 내사 어쩔끼고. 가서 말해주꾸마."라고 하고 갔다 오더니 말했다. "그 집 아저씨 오늘 회사 내려가서 말한다 카더라. 그러면 내일이라도 가서 일해야 된다 카더라."

다음 날 옆집 아저씨를 따라 회사에 갔다. 거기서 다시 작은 배를 타고 커다란 배들이 정박해 있는 곳으로 가서 그중 한 선박에 사다리를 타고 올라갔다. 올라가면서 밑을 내려다보니 무서웠다. 산복 도로 위에서 내려다볼 때는 조그마하게 보였는데, 실제로 타보니까 엄청 큰 배였다.

선미 쪽을 돌아 계단 아래로 내려가니 어두컴컴한 곳에서 매캐한 냄새를 풍기며 엔진이 돌아가는 소리가 들렸다. 중앙에 테이블이 있고 양쪽 벽

쪽으로는 아래위로 작은 커튼이 쳐져 있는 게 선원들의 침실이었다. 그곳을 지나 문을 여니 휑한 공간이 나왔다. 아래쪽에서는 엔진 소리가 크게 들렸다. 나를 그곳에 데려온 사람이 아래쪽 계단에 대고 "조 기장님, 조 기장님." 하고 큰 소리로 불렀다. 기름으로 범벅이 된 마음 좋아 보이는 아저씨가 웃으면서 올라왔다.

나를 데리고 온 아저씨가 사람 필요하다고 하지 않았냐고 묻자 조 기장은 "사람이야 늘 필요하지."라면서 나를 보고는 "어려 보이네? 일이나 제대로 할 수 있으려나."라고 중얼거렸다. 그러면서 "기관장님이 지금 안 계시니까, 인사는 내일 하고 일부터 하지 뭐."라고 했다. "그러면 내일 몇 시까지 오면 됩니꺼?" 내가 물었다. 조 기장은 웃으며 "대충 열 시쯤 와." 라고 했다.

타고 왔던 배가 우리를 기다리고 있었다. 다시 그 배를 타고 나왔다. 아저씨는 내일 9시쯤 배로 출근하라며 출퇴근하는 방법을 알려주었다. 집에 가니 누님이 "와 벌써 오노? 일이 잘 안 됐나?" 하며 걱정스런 얼굴로 물어보았다. "걱정 마소. 작업복 챙겨갖고 내일부터 일하기로 했소."라고 대답하자 "그라믄 거서 묵고 자능강?" 누님의 목소리에는 아직 걱정이 배어 있었다. 나는 말했다. "그건 모르겠는데…. 내일 가서 일해보믄 알겠지 뭐."

죽을 것만 같았던 배멀미

다음 날, 그 배에 다시 올랐다. 기관실 쪽으로 가니 어제 봤던 조 기장이 다른 기관사와 기계 부속품 같은 것을 들고 이야기하고 있다가 사람들에게 나를 소개했다. 조 기장은 내게 기관실 들어가는 입구 커튼이 쳐진 한 곳을 내 침실이라고 알려주었다.

거기서 작업복으로 갈아입고 사람들을 따라 기관실로 내려갔다. 기관실은 생각보다 넓었는데 발전기와 기계들로 꽉 차 있었다. 양쪽 가장자리에 발전기가 한 대씩 있었고, 중앙에는 메인 엔진이, 뒤쪽으로는 배전판이 자리 잡고 있었다. 수많은 계기들이 눈에 들어왔다. 두 대의 발전기 중에 한 대가 돌아가고 있었고 한 대는 거의 해체된 상태였다. 메인 엔진도 부분 해체되어 있었다.

나는 기관실에 배치되었는데, 거기서 내게 주어진 일은 1기사와 조 기장이 기계를 수리할 때 공구 심부름을 하는 것이었다. 주물공장과 철공소에 다녔던 경험이 많은 도움이 되었다. 며칠이 지나니 몇 사람이 더 기관실에 왔다. 그중에는 내 또래도 있었고 대부분 군대에 갔다 온 20대 후반의 청년들이었다.

출항 날짜가 다 되어갈수록 기관 수리는 밤낮없이 진행되었다. 집에 못 가는 날이 많았다. 새벽부터 어두컴컴한 기관실 바닥에서 있다가 바람

쐬러 바깥으로 나올 때면 머리가 핑 돌며 어지러웠다.

두 달 가까이 걸린 발전기와 엔진, 각종 펌프들을 교체 및 수리하는 작업이 끝나갔다. 시운전을 나가기 위해 처음으로 메인 엔진의 시동을 걸었다. 진동과 굉음은 상상을 초월했다. '쿠앙' 하는 소리에 놀라 기관실 밖으로 총알같이 달려나갔더니 사람들이 웃었다. 나는 오양냉장에서의 사고가 생각나 기관실 아래쪽으로 내려가기가 두려웠다. 처음에는 시동이 잘 걸리지 않다가 기관사가 뭔가를 조정하더니 두세 번째에 '쿠쾅', '꽝꽝' 하는 소리와 함께 엔진이 돌아가기 시작했다. 굉음에 귀도 먹먹했지만 하얀 연기와 매캐한 기름 타는 냄새 때문에 속이 뒤집어지는 것 같았다.

얼마 안 가 배가 움직였다. 울렁거림이 좀 심해지는 것 같더니 머리가 어지러웠다. 속도 울렁거리면서 메스껍고 몸이 공중에 붕 떠다니는 것같이 제대로 가눌 수가 없었다. 처음 겪는 일이라 그냥 죽을 것만 같았다. 이대로 있으면 안 될 것 같아 밖으로 나갔다. 어느새 배는 푸른 파도를 타고 남항을 벗어나고 있었다.

바깥바람을 맞으면 좀 나을까 생각했는데 구토가 시작되었고 먹었던 모든 것을 바다로 내보냈다. 하늘이 노래지는 것 같았다. 순간 '이런 배를 어떻게 타나.' 하는 생각이 들었다. 신발도 벗지 않은 채 그냥 침실에 누워버렸다. 통로에 사람들이 왔다 갔다 하는 소리가 들리는 것 같더니 깜박 잠이 들었던 모양이다. 배는 잠잠해졌고 엔진 소리도 멈춰 발전기 소리만 잔잔히 들렸다. 음식 냄새가 풍겨서 보니 선원들이 식사를 하고 있었다. 1기사가 빙그레 웃으면서 "괘안나? 밥 묵어라."라고 했다. 다른 사람들은 다들 멀쩡한 것 같은데, 나만 그런 것 같아 쑥스럽고 미안한 마음이 들었다.

사모아를 향해 첫 출항

시운전 이후 나는 배를 탈 것인가 말 것인가를 놓고 며칠 동안 고민했다. 누님에게 죽을 것만 같았다고 하니까 기다렸다는 듯이 "거봐라, 내가 뭐라 카더노? 배 힘들어 못 탄다 안 카더나!" 하고 말했다. 괜한 말을 했다 싶어 "사람들이 그래도 한참 지나면 괘안타 카데요. 나도 처음이라 그렇지 나중에는 괘안켔지, 뭐." 하며 변명 아닌 변명을 했다. 속으로 '그래, 내가 여기서 포기하면 안 되지. 여기서 포기하면 내가 뭐가 되나. 절대 포기하면 안 되지.'라고 수없이 되뇌었다.

　시운전을 하고 난 배는 부두에 접안시켜 일주일 정도 더 수리를 했다. 그동안 참치를 잡을 때 미끼로 사용한다는 냉동 꽁치와 사모아로 가져다 줄 탁송 물품을 어창 가득 채우고, 갑판 위에도 가득 실었다. 기름과 물까지 실으니 배가 마치 가라앉을 듯이 아래로 내려갔다.

배를 타기 위해서는 신원확인을 할 수 있는 선원수첩을 발급받아야 한다. 선원수첩은 여권과 비슷해서 전 세계 어디든 배는 물론이고 비행기 등을 탈 때도 선원수첩 하나로 통과된다. 선원수첩을 받으면서 세상을 다 가진 느낌이 들었다. 무역을 하는 나라라면 다 보호받으며 통과할 수 있기 때문이다. "나 이런 사람이야." 하는 느낌의 자부심이 생겨났다.

1976년 5월, 드디어 참치잡이 배를 타고 사모아를 향해 출항하는 날이다. 같이 출발하는 인원은 선장을 비롯해서 스무 명 정도였다. 모두 나처럼 들떠 있어 보였다. 배웅을 위해 같이 출발하는 선원들의 일가친척들이 모여들었다.

누님도 평소 내가 좋아하던 것들을 이것저것 챙겨 배웅을 나왔다. 출항 준비에 바빠 왔다 갔다 하는 나에게 틈틈이 인삼정과를 입에다 넣어주고, 든든히 먹어야 한다며 갓 지어온 찰밥에 고등어구이를 얹어주었다. "인자 가면 3년이나 있어야 얼굴 볼낀데." 하며 많이 먹으라고 했다. 멀미를 가라앉히는 생강과 몸에 좋다는 인삼정도 챙겨주었다. "옷들은 여 있고." 하면서 누님은 이것저것 챙긴 보따리를 좁은 침실 안쪽으로 넣어두었다. "누나, 인자 출항하니께 빨리 나가소." "오냐, 길아, 잘 갔다 오너레이. 언제나 몸조심하거레이." 누님은 눈물을 흘리며 배를 건너갔다.

조타실에서 출항을 알리는 뱃고동 소리가 몇 번 우렁차게 울렸다. 배는 서서히 움직이기 시작했다. 부두에 묶여 있던 마지막 밧줄을 끌어올리자 배는 육지와 조금씩 멀어지기 시작했다. 한 선원이 "엄니 엄니, 마누라 잘 부탁해요." 하고 울부짖었다. 그 목소리가 마지막이 될 줄을 누가 알았으랴. 모두들 통곡과 흐느낌으로 이별의 순간을 나누었다.

앞으로의 3년 '아, 이제 죽음이구나'

항구를 벗어나면서부터 너울파도가 높아지는가 싶더니 몸을 가눌 수 없을 정도로 배가 출렁거렸다. 누님의 정성 어린 음식으로 가득 채워진 내 뱃속이 못 견디게 괴로웠다. 멀미에 좋다고 하던 생강을 가지러 침실로 가다가도로 갑판 위로 올라가 토했다. 쓴 물이 올라올 정도로 토했는데도 계속해서 구역질이 나오고 어지러워서 정신을 차릴 수가 없었다. 기어가다시피 해서 침실에 누웠는데 누가 커튼을 확 열면서 빨리 갑판으로 나오란다. 몸을 가눌 수가 없어 그냥 좀 있으려니까 "야! 야! 이 새끼야, 빨리 나오라카이!" 하면서 멱살을 잡고 확 끌어냈다.

엉금엉금 기다시피 해서 갑판으로 가니 일등항해사가 길고 굵은 몽둥이를 들고 선원들에게 "야, 이 새끼들아! 인자부터 여서는 학벌 같은 거 필요 없고, 인격 같은 거, X 까는 소리 하지 마레이! 여기서는 다 필요 없어.

땅에서 가졌던 모든 사고와 법은 필요 없다. 여기는 바다고, 바다에서는 여기 오직 6대호의 법이 있을 뿐이고! 그 법은 내 말이 법이고, 내가 만든다. 알겠나!" 그러면서 들고 있던 몽둥이로 갑판을 꽝꽝 치면서 말을 듣지 않으면 사정없이 몽둥이 법으로 다스리겠다고 했다. '아~ 이제 죽음이구나.' 하는 생각이 문득 들면서 앞으로의 3년이란 세월이 막막하게 느껴졌다.

나는 갑판으로 나가 한쪽 구석을 찾아 거의 누워 있는 상태로 있었다. 갑판장이 갑판 일은 누구도 열외가 없다면서 고기를 잡을 때 필요한 어구들을 소개하는데 아무런 소리도 들어오지 않았다. 반 혼수상태였다. 그러는 사이 대마도 앞에서 배를 정지시키고 제를 지냈다.

오후에 출항했는데 어느새 밤이 되어 하늘의 별들이 물에 비쳐 반짝였다. 상에 제례음식과 명태며 과일들을 올려놓고 선장과 기관장, 갑판장, 선원들 순으로 절을 했다. 제례의식이 끝나자 배는 출항했다. 선원들이 술과 제례음식을 먹는 것을 보고 나는 슬그머니 침실로 들어가 누웠다. 간혹 배의 흔들림에 의식이 들기도 했는데 몸을 일으킬 수가 없었다. 속에 있는 것을 몽땅 토해내서 더 이상 토해낼 것도 없었다.

출항할 때부터 내리 4일간을 먹지 못하고 토하기만 했으니 배가 몹시 고팠다. 그런데 식사 시간만 되면 고역이었다. 오래 묵은 쌀로 밥을 해 역한 냄새가 났고 밥 알갱이에 끈기가 없어 날아갈 듯했다. 반찬은 항상 한

두 가지였는데, 양념이 제대로 안 된 김치는 쓰고 짜기만 해서 먹기 힘들었다. 깻잎이 나올 때는 이상한 냄새가 더욱 심했다. 멀미가 잦아드는 것 같다가도 식사 시간이면 속이 더 울렁거렸다.

불난 기름 솥에 물 붓기

출항한 지 보름 정도 지나자 더위가 느껴졌다. 한국의 여름과는 비교할 수 없었다. 햇빛이 따끔따끔하게 아플 정도로 내리쬐었다. 신기하게도 파도는 거짓말처럼 없었다. 처음으로 느끼는 고요함이었다. 바다가 잔잔하다 못해 유리 바닥처럼 평평한 게 신비로웠다. 하루 정도 더 가면 적도에서 적도제를 지낸다고 했다.

배에서는 제사 지내는 것을 아주 엄격하고도 중요시했다. 적도제 준비로 몇 명이 주방 지원을 나갔다. 나는 기관실 당직이라 기관실에 앉아 있었는데 위에서 "불이야!" 하는 소리가 났다. 놀라서 뛰어올라가 보니 주방 안에 자욱한 연기 사이로 벌건 불길이 올라왔다. "물 뿌리지 마!" 누군가가 외쳤다. 기름에 불이 붙은 거라며 소화기를 가져오라고 고함을 질러댔고, 당황한 선원들은 우왕좌왕하면서 "불이야! 불이야!" 하고 소리쳤다. 선장실에서 잠자던 선장이 팬티 바람으로 뛰어나와 소화기를 주방으로 집어던졌다.

주방장은 베트남 파병 중사로 제대한 사람인데 주방 지식이 전혀 없었다. 주방장이 도넛을 튀기려고 솥에 기름을 붓고 뚜껑을 덮어 김이 나도록 불을 지핀 게 원인이었다. 솥뚜껑을 여는 순간 '퍽' 소리와 함께 파란 불꽃이 일었고, 놀라서 옆에 있던 물을 한 바가지 끼얹자 불이 번졌다. 옆에 있던 선원이 당황한 나머지 담요로 덮어 불길이 더욱 커졌던 것이었다.

배에 있던 모든 분말 소화기를 동원해 불을 빠르게 끌 수 있었다. 바다가 잔잔해서 다행이었다. 파도 없는 바다가 우리를 살린 셈이었다. 경유 탱크가 바로 옆에 있어서 자칫하면 큰 사고로 이어질 뻔했다.

그날 주방에서 일하던 선원들은 모두 몽둥이세례를 받았다. 주방일과 아무 관련이 없던 나도 잘못 나왔다가 항해사의 무차별적인 주먹질과 발길질에 한참을 얻어맞았다. 얼마나 맞는지 감각도 없었고 코에서는 피가 흘렀다. 항해사는 지칠 때까지 발길질을 하더니 다시 선원들에게 돌아가 욕을 퍼부었다. 나는 식당으로 내려갔다. 거울을 보는데 내 얼굴이 없었다. 붓고 일그러진 이상한 얼굴을 보는 순간 눈물이 왈칵 쏟아졌다. 그렇게 많이 맞은 것은 태어나서 처음이었다. 맞아서 죽을 수도 있겠다는 생각이 들었다.

죽음의 파도를 넘다

화재로 잠시 멈추었지만, 이후 사모아를 향한 항해는 계속되었다. 갑자기 날씨가 흐려지더니 비가 내리면서 바람이 거세게 불어닥쳤다. 그렇게 잔잔했던 파도는 거짓말처럼 산더미 같은 파도로 변해버렸다. 탁송 물품을 가득 실은 갑판 위로 파도가 쉴 새 없이 덮쳤고, 선수(배 앞부분)가 파도에 부딪힐 때는 엄청난 소리가 났다. 때로는 파도에 잠겨버릴 것만 같았다. 배는 아슬아슬하게 곡예를 하듯 파도를 타고 나갔다. 밤낮을 가리지 않고 비안개와 파도로 날씨가 흐려 천측(별을 중심으로 배의 위치를 측정하는 것)을 할 수 없었다.

5일 정도를 파도 속에서 헤매다 보니 항로가 정확하지 않아 밤에는 라이트를 비추면서 항해를 했다. 일주일째 되던 날 밤, 선장이 배를 세우라고 명령했다. 항로대로라면 얼마 떨어지지 않는 곳에 섬이 있는데, 악천후로 인해 항로가 정확하지 않으니 기다렸다가 아침에 가자는 것이었다. 사방으로 라이트를 비추고 혹시 모를 사태에 대비해서 기관실에서는 발전기를 가동했다. 모든 선원은 구명조끼를 입고 대기했다. 아무도 말을 하지 않았다. 여덟 시간이 넘는 시간 동안 공포와 불안감에 휩싸였다. 새벽녘이 되자 희미하게 검은 능선이 보였다. 섬이었다. 선장의 판단은 정확했다. 만약 어제 세 시간 정도를 그냥 더 갔으면 우리는 어떻게 되었을까. 아찔함을 뒤로 하고 사모아로 향했다. 섬을 지나갈 때쯤에는 아침이었다. 비바람과 파도도 잔잔해지고 있었다.

섬을 지나 사나흘 정도 더 항해했다. 파도도 없었고 선원들의 멀미도 안정이 되어 항해를 하면서 어구 손질에 박차를 가했다. 5일째 되던 날 기관실 당직을 마치고 잠깐 잠이 들었나 싶었는데 배가 정지했는지 발전기 소리만 나고 고요했다. 깜짝 놀라 일어나 밖으로 나가보니 갑판장과 선원들 몇 명이 서 있었다. 배는 정지해 있었고 아직도 깜깜한 밤중이었다.

"안 자고 왜 나왔어?" 갑판장이 한마디 했다. "여기 어디예요?" 내가 묻는 말에 선원 한 명이 "어디긴 어디여~ 6대호 배 위지."라고 웃으며 얘기했다. 그러자 갑판장이 "저기 멀리 불빛 보이는 데가 사모아야."라고 말했다. 나는 실감이 나지 않았다. 그 기나긴 고통의 시간, 장장 한 달이 넘게 걸려 말로만 들었던 사모아에 도착했다니! 나도 모르게 '아~' 소리가 새어나왔다.

들어가 누워 자려고 하는 사람이 아무도 없었다. 먼 불빛만 바라보며 몇 시간을 보냈는지, 희뿌옇게 조금씩 날이 밝아지면서 산도 나무도 보이기 시작했다. 우리가 정박해 있는 곳에서 얼마 떨어지지 않는 곳에도 섬이 있었다. 날이 밝아지면서 서서히 드러나는 주변은 말로 뭐라고 표현할 수 없을 만큼 아름답고 신비로웠다. 우리나라와는 전혀 다른 산과 나무들, 생전 처음 보는 야자나무와 숲, 투명한 연두색 바다색으로 보아, 분명 다른 세계에 온 것만은 확실한 것 같았다. 새로운 세계에 대한 들뜬 마음으로 얼마 전까지만 해도 겪었던 불안한 순간들이 기억조차 나지 않았다.

아침이 지나서야 항구에 접안 허가가 난 모양이었다. 나는 기관실에서 근무하기 때문에 입출항 때 바깥 구경을 할 수 없어 아쉬웠다. 엔진이 멈추고 나서야 밖으로 나올 수 있었다. 뜨거운 바람과 함께 비릿하면서도 한 번도 맡아보지 못했던 이국적인 냄새가 코에 확 풍겨왔다. 주변에는 비슷한 어선들이 접안해 있었다. 갑판으로 나가니 사모아 사무소 직원들이 나와 맞이해주었다. 캔 맥주와 난생처음 보는 거대한 냉동 생선이 있었다. 그렇게 큰 생선이 있는 줄 상상도 하지 못했다. 처음 맛본 시원한 버드와이저 맥주, 갓 썰어낸 참치의 맛은 40여 년이 지난 지금도 잊을 수 없다. 찬 맥주의 시원함과 보리의 향긋한 냄새, 이가 시리도록 얼었던 참치를 다시 맛보고 싶다.

매일같이 이어지는 투승과 양승

사모아에서의 일정은 짧게만 느껴졌다. 엔진에 이상이 있었던 부분들을 수리하고 받아온 탁송 물품들을 하역하면서 배에 기름과 물, 식료품들을 싣느라 5일간의 일정이 눈 깜짝하는 사이에 지나간 것 같았다.

3년 계약의 시작은 사모아에서부터였다. 한 번 출항해서 모 기지인 사모아로 돌아오는 기간이 6개월 정도 걸린다고 했다. 입항한 지 5일 만에 어장으로 출항했다. 어장이 어딘지는 알 수 없었지만 어장까지는 일주일 정도 걸린다고 했다.

한국에서 출항할 때와 달리 멀미가 덜했다. 하루 정도는 약간 어지럽고 속이 메슥거렸지만 이내 괜찮아졌다. 어장으로 항해하는 동안 어구들을 점검하고 참치 잡는 법에 대한 훈련을 받았다. 선원들이 들려주는 모든 이야기에 잔뜩 기대가 되었고 호기심으로 마음이 설렜다. 어장으로 가는 일주일 동안 파도도 거의 없이 순탄한 항해를 했다.

새벽 2시 30분쯤에 투승을 시작했다. 투승은 참치를 잡기 위해 낚싯줄에 미끼를 끼워 바다로 던지는 작업을 말한다. 첫날이라 모든 선원이 참여했다. 갑판장과 1급 갑판원을 제외한 거의 모든 사람들이 처음 해보는 작업이었기 때문에 더욱 긴장감이 돌았다.

첫날이라 긴장 속에 어떻게 투승을 했는지 정신없었는데 날이 훤히 밝았다. 아침 6시 40분이었다. 투승을 하는 데에만 4시간이 걸린 셈이었다. 2시간 30분 후에 양승을 할 테니 아침밥을 먹고 눈을 좀 붙이라고 했다. 양승은 투승한 낚싯줄을 끌어올리는 작업을 가리킨다.

아침밥을 먹는 둥 마는 둥 하고 잠자리에 누웠는데 잠이 오지 않았다. 어떤 고기가 잡힐까 궁금하기도 했고 앞으로의 일에 대해서도 걱정이 되었다.

공 튀듯 갑판 위에서 펄떡거리는 참치의 생명력

깜박 잔 모양이었다. 누가 와서 양승 작업을 한다고 일어나라고 했다. 서둘러 갑판으로 나갔다. 날씨는 맑았고 파도는 없었다. 섭씨 40도가 넘는 뜨거운 태양이 갑판을 달궈 찜질방 같았다. 양승 역시 처음 해보는 작업이라 투승 못지않게 긴장감이 흘렀다. 낚싯줄을 올리자 아침에 미끼로 끼워두었던 꽁치가 줄줄이 올라왔다.

원 줄은 기계로 끌어올렸다. 30분 가까이 양승을 하는데 브리지에서 선장이 "고기다!"라고 고함을 쳤다. 세 명이 붙어 줄을 잡아당겼다. 참치가 바다 위로 올라왔다. 갑판으로 올라온 참치는 공이 튀듯이 퉁퉁 갑판 위를 뛰면서 퍼덕거렸다. 10킬로그램쯤 됨직한 참치의 눈은 황소 눈처럼 컸고 양쪽 지느러미는 길고 날렵했다. 짙푸른 등과 흰 배 부위가 햇빛을 받아 빛나는 모습은 그 무엇보다 아름다웠다. 난생처음 보는 광경이라 신기하기만 했다.

몸집이 커다란 참치를 끌어올리는 데는 많은 기술이 필요했다. 참치를 잡다가 내가 오히려 바다로 딸려들어갈 것만 같았다. 뒤에서 욕지거리가 들려왔다. 출항 첫날부터 들었던 욕이어서인지 아무런 생각도 들지 않았다. 그저 정신만 차려야겠다는 생각뿐이었다. 거기다 파도까지 거세게 칠 때면 정말 죽음이 눈앞에 있는 것만 같았다.

배가 저기압권으로 갈 때면 비가 하염없이 내렸다. 4, 5미터 높이의 파도는 예사였다. 그럴 때면 우의를 입어야 했는데, 우의를 입으면 찜통에 들어간 것처럼 더웠다. 시간이 점점 흐를수록 선원들 사이에는 말이 없어졌다.

언제부터인지 밥맛이 달라졌다. 묵은쌀이 아닌 미국 캘리포니아 쌀로 밥을 지으니 기름이 자르르 흐르는 게 구수한 냄새까지 풍겼다. 나를 비롯한 선원들은 밥을 두세 공기씩 비웠다. 오죽하면 주방장이 쌀 걱정을 할 정도였다. 밥을 먹고 나면 주방장이 커피를 타주었다. 처음 먹어본 커피는 향도 없고 단맛보다 쓴맛이 강해 맛있다고 느껴지지 않았다.

투승과 양승을 반복하면서 험난한 파도에 시달리고 부족한 잠으로 비몽사몽 보낸 시간이 6개월 가까이 흘렀다. 텅 비어 있던 냉동 어창들을 언제 다 채우나 싶었는데 어느새 하나둘씩 참치로 거의 다 채워지고 있었다. 그러는 동안 손바닥의 굳은살은 두세 켤레씩 장갑을 끼고 작업을 했음에도 발바닥 굳은살보다 더 두터워졌다. 조업하기 전에 굳은살을 물에 불리

원양어선 선원시절 피지섬 정박 중에 동료와 함께.

지 않으면 아파서 오므렸다 펴기도 어려웠다. 바다의 소금기를 머금은 채 햇볕에 검게 타버린 얼굴은 다른 사람 같아 보였다. 어창이 거의 다 채워지기 시작하면서부터는 사모아 쪽으로 이동하며 조업을 했다. 조업 성적이 좋은지 선장은 연신 얼굴에 미소를 띠고 있었지만, 욕지거리는 그대로였다.

6개월 만에 입항한 사모아 항은 한국에서 처음 올 때와는 달리 별 신비로운 감흥이 없었다. 입항하자마자 참치를 하역하기 위해 또 다시 고된 작업이 매일 계속되었다. 영하 40도 가까이 되는 어창에서 얼어붙어 있는 참치를 떼어내는 작업은 여간 어려운 것이 아니었다. 손발이 얼어붙어 시리고 아프기까지 했다. 참치 하역 작업은 아침 일찍부터 시작해 때론 밤늦게까지 계속되었다. 선원들은 보름 가까이 참치 하역 작업을 했다.

참치 뱃살을 표시 나지 않게 도려내는 법

참치 잡는 배에서는 신선한 참치 회를 많이 먹을 거라고 생각하겠지만, 참치 회 먹기는 쉽지 않았다. 조업 중에 참치가 잡히면 선장이나 조타실 1항해사가 보이지 않는 곳에서 재빠르게 참치의 뱃살이나 볼기 살을 표시가 나지 않게 도려내야 했다.

그렇게 조금씩 모아두었다가 식사시간에 먹기도 했고 참치의 염통을 회로 먹기도 했다. 상어가 먹다가 남긴 참치는 대부분 무척 큰 것이어서 머리 하나만 구워도 모든 선원들이 다 먹을 수 있을 정도였다. 참치의 머리를 배의 연통 쪽에 달아놓으면 잘 구워져서 모두 맛있게 먹곤 했다. 그러나 어장 이동 중에는 먹을 횟감이 없어 냉동실에 잡아놓은 참치를 횟감으로 만들어야 했다. 횟감은 주로 헤드 갑판원이 손질하여 만들어주었는데 만들면서도 한결같은 잔소리를 했다. "처먹기는 잘 처먹으면서 한 놈도 만드는 놈은 없는 기라."

어느 날 점심을 먹다가 헤드 갑판원이 나를 보고 "야! 오늘 저녁 회는 니가 떠 오니라." 하고 말했다.

사실 나는 한 번도 회를 떠본 적이 없었다. 오후에 기관실 당직을 마치고 살그머니 준비실 어창으로 갔다. 냉동 어창에 있는 자그마한 참치 한 마리를 녹이려고 내놓았다. 저녁때쯤 내놓은 참치 회를 뜨고 있는데 준비실 문이 확 열리면서 선장이 고개를 들이밀었다. 나는 깜짝 놀라 순간적으로 벌떡 일어났다. 선장은 "야! 구본길이 니 여기서 뭐하노? 임마, 고기가 안 잡혀 선장인 나는 잠도 못 자는데 너그들은 멀쩡한 고기를 잘라 먹어!" 하면서 준비실 문을 꽝 닫아버렸다. 황당하고 무안해서 어찌할 바를 몰라 멍하니 서 있는데 이어서 1항해사가 내려와 나에게 욕을 한바탕 쏟아부었다. 그날 저녁은 회 대신 욕만 배불리 먹었다.

그날 이후 헤드 갑판원은 '회도 하나 제대로 못 자르는 놈'이라고 핀잔을 주었지만 별 느낌이 없었다. '쌀겨 훔쳐 먹은 개는 안 들키고 보리 겨 먹은 개가 들킨다'는 옛말이 생각났다.

그 일이 있고 난 후 한동안 나는 선장을 비롯한 사람들에게 시달렸다. 속에서 분노가 일었지만 마땅히 분노를 표출할 방법이 없었던 나는 조업 중 선장이 키 잡는 날 조타실을 바라보면서 담배를 다 피웠다. 그때나 지금이나 담배를 피울 줄 몰라 기침과 어지럼증이 나는데도 한 갑을 다 피웠다. 그 이후 혀가 갈라져 식사도 제대로 못 하고 보름 가까이 고생했다. 초등학교 때부터 담배를 피웠다는 충청도 출신의 선원은 이런 나를 보고 우스워 죽겠다고 놀려댔다. "음메~" 대신 "담배~"라며 염소 소리를 내면서 말이다.

갑판 선원의 탈출, 그러나 다시 그 자리

오랫동안 외항선에서 조업을 하다 보면 사건 사고가 많이 발생한다. 처음 배를 타본 사람 중에는 힘든 생활을 도저히 못 견디고 탈출하는 사람도 있다. 어느 날 조업을 마치고 침대칸에서 잠이 들었는데 웅성거리는 소리에 잠이 깼다. 이야기를 들어보니 매형과 처남 간인 두 사람이 탈출했다고 한다. 매형과 처남이 함께 배를 탔는데 너무나 힘들고 견디기가 어려웠던지 사모아에서 출항하기 직전에 내렸던 것이었다. 매형이란 사람은 선상생활에 적응하는 것을 무척이나 힘들어했던 것으로 봐서 일을 한 번도 해보지 않은 사람 같았다. 처남 되는 사람도 2항차 때 영양실조에 신경성 원형탈모까지 생겼다. 이들이 탈출했다는 소식을 듣자 왠지 모르게 두렵고 무서웠다.

화가 난 선장은 선원들 모두를 갑판에 집합시켜놓고는 '아주 나쁜 놈들'이라고 하면서 배신감을 토로했다. 선장은 "내가 두 사람에게 얼매나 잘 대해주었는데 어떻게 이렇게 나를 배신하는지 모르겠다. 그 두 놈들 결국은 사모아에 있지 못하고 여기로 올 수밖에 없을 끼다. 두고 보레이". 그리고는 우리들에게 말했다. "그라고 여기 너그들도 잘 생각해라이. 도망가면 살 것 같지만 절대로 못 산다. 사모아서 한국까지 데려다줄 사람 아무도 없다." 선장은 씩씩거리면서 화를 못 이기는 듯했다.

사모아에서 출항한 지 일주일쯤 되었을까. 한창 조업을 하고 있는데 선장의 예언대로 그들은 조업을 나오는 배편에 탁송되어 돌아왔다. 모든 선원들이 내심 한국으로 무사히 귀국해주길 바랐는데 돌아온 그들을 보면서 착잡한 기분이 들었다. 일등항해사가 바로 몽둥이를 들고 "야!!! 이 새끼들아, 엎드려뻗쳐!!"라고 고함쳤다. 그 두 사람이 엉거주춤 엎드리자 사정없이 엉덩이를 두들겨 팼다.

동료 선원의 죽음

조업 동안 파도가 심하게 치다가 잠잠해지더니 바다 밑에서 해일이라도 일어났었는지 해초들이 어마어마하게 바다 위로 떠올랐다. 참치는 안 잡히고 해초가 올라오면서 낚싯줄이 엉켜 엉망이 되고, 낚시에 걸려 올라오는 게 전부 상어였다. 힘든 조업으로 스트레스에 쌓여 있던 선원들은 오랜만에 콧노래가 나왔다. 참치보다 상어지느러미는 선원들에게 즐거움을 주는 보너스였다. 2, 3일 동안 수백 마리 상어가 잡혔다. 손 빠르게 등지느러미, 날개지느러미, 꼬리지느러미만 잘라내고 몸통은 바다에 내던졌다. 푸른색을 띤 청상어는 평소에도 매일 한두 마리씩 잡혔던 상어였고 처음 접했던 징그럽고 무서웠던 상어이기도 했다. 머리 부분 양쪽으로 귀 모양으로 생겼다고 해서 이름 붙은 귀상어는 정말 징그러웠다. 범상어는 색깔이 얼룩덜룩한 호랑이 색깔 같고 하나의 이빨이 아주 작은 톱니처럼 되어 있어 특이하고 예뻤다. 영화에 나오는 조스 상어는 실제도 엄청나게 무서웠다. 올라올 때 눈에 파란 광채를 띠고 올라오는데, 그 이빨은 보는 것만으로도 소름이 끼쳤고 광란의 몸부림은 공포 그 자체였다. 배가 부른 조스 상어의 배를 갈라보면 두세 조각으로 잘린 참치가 그대로 있는 것도 있었다. 워낙 큰 것은 아예 낚싯줄을 끊어버렸다. 범상어와 조스 상어의 이빨은 표본을 만들어 기념하기 위한 것으로 선원들에게는 인기가 있었다.

배가 입항을 하면 보통 상어지느러미 상인이 승선해서 배에서 직접 구입해 간다. 조업하는 동안 지느러미를 말려서 입항 업자에게 판매하는데 참치 잡이 배는 참치 외에 다른 고기는 취급하지 않으므로 상어지느러미를 판매한 금액은 선원들에게 공평하게 나눠지는 부수적 수입원이 되었다.

상어지느러미를 판매할 때는 전 선원들이 다 함께 흥정에 참여한다. 그렇게 벌어들인 돈은 선원들에게 활력소가 된다. 이 돈으로 저녁 시간에는 당직자를 제외한 모든 선원들이 배를 벗어나서 즐긴다. 정박해 있는 다른 배로 놀러 가기도 하고, 시내 선원 클럽을 가기도 하면서 삼삼오오 몰려다니며 즐긴다.

그러던 어느 날 새벽녘에 갑판 당직자가 당직 교대 시간이 지났는데도 교대자가 나타나지 않고 배 안을 뒤져도 찾을 수 없었다고 했다. 날이 밝자 모든 선원들이 찾아나섰다. 얼마 후 배들이 접안해 있는 부두 쪽에서 신발을 발견했다는 연락이 왔다. 달려가 보니 신발 한 켤레가 부두 끝자락에 가지런히 놓여 있었다. 아무도 입 밖으로 말을 꺼내지는 않았지만 스스로 물에 빠졌다는 것을 알았다. 그 사람은 바로 한국에서 출항할 때 "엄니 엄니, 마누라 잘 부탁해요." 하고 울부짖던 그 젊은이였다.

그로부터 이틀 후 그의 시신은 부두 인근에서 고기잡이를 하던 중국 선원에 의해 건져 올려졌다. 나도 모르게 다리에 힘이 풀려 주저앉았다. 시신은 평소의 작은 체구보다 더 작아 보였다. 상주하던 한국 경찰이 와서 확인하고 바로 병원으로 싣고 갔다. 간단한 장례식을 마치고 머나먼 타국 땅에 시신을 묻었다.

한동안은 그의 목소리가 귓전에 울리고 그의 모습이 머릿속에 맴돌았다. 술을 아무리 마셔도 취하지 않고 그가 살아 있을 때 모습이 자꾸 떠올랐다. 처음 출항을 해서 멀미를 하는 중에도 담배를 피우면서 부들부들 떨던 모습과 함께 생활했던 모습들이 영상처럼 돌았다. 2년 가까운 시간 동안 살기 위해 처절한 고비들을 넘겨왔는데 참으로 기가 막히고 가슴이 먹먹했다. 밤이면 두려움이 엄습했고 환청에 시달리기도 했다.

사실 그 사람 말고도 자살한 사람은 한 명 더 있었다. 태평양 한가운데에 몸을 던질 만큼 뱃일은 거칠고 힘들었다.

심신이 지쳐가던 중에 다행스럽게 기름을 보급받기 위해 타히티섬에 입항했다. 아름다운 자연과 처음 보는 새로운 환경이 어느 정도 기분을 전환시켜주었다. 거리의 모습도 카페나 펍에서 술을 마시는 사람들의 모습도 이제까지 내가 봐온 우리 삶의 문화와는 너무나 달리 여유와 낭만이 있었다. '사람이 살아가는 것이 저런 것이구나!' 하는 생각에 부러움을 넘어 감탄이 나왔다. 네덜란드 맥주인 하이네켄의 쌉쌀한 맛을 그때 처음 느꼈고 지금도 그 맛을 즐긴다.

다음 급유지는 피지섬이었다. 남태평양의 섬들은 참으로 아름다웠다. 일주일가량 정박하는 동안 섬 전체를 돌아볼 수 있었다. 내게 아름다운 추억을 남긴 달콤한 시간이 그렇게 흘러갔다. 덕분에 동료의 죽음으로 인한 환영에서도 벗어날 수 있었다.

점점 커지는 무역선에 대한 동경

배가 항상 만선을 하는 것은 아니었다. 다행히 첫 조업은 성공적이었지만 이후로는 좋은 성과가 나지 않았다. 선장과 고참 선원들의 신경이 곤두설 만했다. 고기가 많이 잡힐 어장을 전전하며 조업했는데, 조업 중에 이따금 야식으로 수제비가 나왔다. 아무런 양념도 없이 간장만 넣고 끓인 수제비가 맛이 있을 리 없었다. 반죽을 제대로 치대지 않아 씹으면 밀가루가 입

안에 가득 흩어지는 일도 예사였다. 어느 날인가는 더더욱 먹을 수가 없어 알고 봤더니 오랜 조업으로 선장이 물을 아끼라고 해서 바닷물을 넣고 수제비를 끓였다고 했다. 참으로 기가 막혔다. 그 당시 우리는 사람이 아니었을까? 그 일이 있고 나서 우리는 참치를 잡으면 몰래 뱃살을 잘라 모아 두었다가 야식으로 먹기도 했다.

기관장은 막걸리를 담그면 야식으로 먹기에 그만이라며 주방장에게 막걸리 담그는 과정을 알려주었다. 그 후 야식으로 쌀 막걸리가 나왔는데, 걸쭉한 쌀 막걸리 야식을 먹은 선원들은 모두 만족했다. 배가 든든하게 불렀고 술기운으로 콧노래를 부르면서 피곤함을 모르고 즐겁게 일했다.

파도와 싸우며 조업하던 중에 저 멀리 무역선이 지나가는 모습이 보였다. 순간, 바다에서 죽더라도 저런 큰 배를 한 번 타보고 죽어야겠다는 생각이 들었다. 그날 이후 큰 배에 대한 동경은 더욱 커져갔다. 동시에 원양어선에서의 생활에 점점 더 회의감이 들었다. 동료 선원의 죽음도 영향이 있었을 것이다.

그렇게 3년이란 세월이 흘러갔다. 마지막 참치 하역 작업을 마무리하고 빈 어창에 탁송 물품을 싣기 시작하며 귀국 준비를 했다. 탁송 선원들도 열 명 정도 승선했다. 출항을 알리는 뱃고동 소리에 가슴이 벅찼다. 이제 살아서 돌아가는구나 싶어 마냥 좋았고 연신 웃음이 나왔다. 하지만 탁송 선원들의 얼굴에는 어둠이 깔려 있었다. 순간 사모아로 올 때 좋지 않은 기억들이 떠오르면서 가는 길이 너무 멀어 걱정스러웠다.

1979년 5월, 드디어 부산 남항에 입항했다. 배가 부산 남항에 들어설 때는 해가 저물고 있었다. 눈물이 왈칵 쏟아졌다. 살아 돌아왔다는 게 실감이 났다.

다음 날 오전에 외사과 경찰들이 몇 명 먼저 배 위로 올라와 일부 탁송 선원들을 데리고 갔다. 배가 범죄 물품 운송에 이용되거나 해상 사고가 나면, 조사를 위해 배에서 대기해야 하는 경우가 있다. 그렇게 그리던 고향의 항구에 돌아왔는데 눈앞에 두고도 내리지 못하는 것이다. 이렇게 만 하루가 지나서야 배는 부두에 접안을 했다. 더러는 부두에서 기다리는 가족들이 있어 간단한 인사와 함께 뿔뿔이 헤어졌다. 이틀 후 모든 선원은 경찰서에 불려가 조사를 받았다. 두 명의 사망자가 있었기 때문이다. 6개월의 긴 시간을 치열하게 사투를 하면서 함께 수많은 아픈 고통을 이겨내며 살아온 사람들의 이별치곤 너무나 허망하고 허전하게 끝났다.

3년간의 사투로 얻은 게 35만 원이라니…

육지에 온 지 한 달쯤 되었을까, 회사에서 통지서가 한 장 날아왔다. 은행에서 35만 원을 찾아가라는 결산 통지서였다. 3년 동안 잡은 참치에 대한 나의 몫이란다. 참으로 기가 막혔다. 죽음의 길목에서 36개월 동안 하루 20시간을 넘게 노동한 대가치고는 너무 심했다. 망망한 바다에서 제대로 먹지도 못하고 쉬지도 못한 채 하루하루 짐승처럼 고되게 일하며 버텨왔는데…. 눈물이 핑 돌았다. 나는 이를 앙다물었다.

나만 그런 생각을 가졌던 건 아니었다. 통지서를 받은 선원들은 모두 새벽같이 부산 충무동에 있는 회사에 모였다. 이성을 잃은 선원들은 책상을 뒤집어엎으면서 울분을 토했다. 지사장이 달래려고 애를 썼지만 이미 이성을 잃어버린 선원들은 선장을 볼모로 잡아 서울 본사로 출발했다.

버스는 새벽녘에 서울에 도착했다. 버스 안에서 깜박 졸았나 싶었는데 웅성웅성 사람들 말소리가 났다. 날이 훤히 밝았다. 길은 출근하는 사람들로 붐비고 있었다. 다들 세수도 못 한 얼굴에 피곤해 보였지만 눈빛은 독기로 가득했다. 누구라고 할 것도 없이 "빨리 가자."라고 외치면서 선장을 앞세워 8층에 있는 사무실로 향했다.

시커멓고 꾀죄죄한 사람들이 밀려들어 오니, 사람들이 구경거리 보듯 쳐다봤다. 덩치 있는 남자 직원이 나와서 막으려 하다가 막무가내의 욕설과 주먹이 날아가는 바람에 도망쳤다. '책임자가 누구냐'고 큰소리로 찾으니 그제야 눈치를 챈 듯 대형 회의실로 안내했다. 한참 후 대표이사라며 좀 젊다 싶은 사람이 나타났다. 자리에 앉자마자 '왜 이렇게 소란을 피우느냐'는 그의 말이 불을 지폈다. 그 말이 떨어지기가 무섭게 그에게 달려

들어 멱살을 잡고 사정없이 흔들었다.

젊은 대표이사는 사태의 심각성을 느꼈는지 '저희가 무조건 잘못했으니 진정하시고 말씀을 하시라'고 했다. 많은 요구 사항을 말했지만 결국 돌아오는 말은 서류 검토를 해야 된다는 것이었다. 일단 숙소를 잡아줄 테니 우리 쪽에서도 서류 검토를 하라고 했다. 회사에서 잡아준 여관에 들어가 얼마 안 있어 라면상자 열 개도 넘는 양의 서류가 배달되었다. 사복 경찰인 것 같은 사람들이 여관 밖에서 진을 치고 있었다.

여기까지 오는 데 어떠한 구체적인 계획이 있었던 것은 아니었다. 누군가의 강한 리더십에 이끌린 것도 아니었다. 36개월 동안 뼈 빠지게 노동한 대가가 너무나도 터무니없었던 것에 대한 울분이었다. 나를 비롯한 선원들 대다수는 가난해서 제대로 공부를 할 수도 없었기에 계산할 능력이 있는 사람도 없었다. 힘들고 고생 되더라도 더 나은 벌이를 찾아 이 일을 선택한 것뿐이었다. 그런 우리가 어마어마한 양의 서류를 검토한다는 것은 있을 수 없는 일이었다. 이틀, 사흘이 지나자 슬슬 내분이 일어나기 시작했다. 결국 회사에서 다시 정확하게 검토해서 통보를 해주겠다는 것에 동의하고 회사에서 주는 차비를 받아 뿔뿔이 흩어졌다. 작은 반항도 너무나 싱겁고 허무하게 끝나버렸다. 3개월여 후 5만 원 정도의 추가금을 받고 모두 끝이었다.

회사에서 검토하겠다는 것도 말뿐이었을 것이다. 회사에서는 이미 정리가 끝난 사항이었을 것이다. 조업 중에 선장이 말하던 게 어렴풋이 기억났다. 그는 혼잣말처럼 "주방장 죽어 보상금 나가, 또 한 놈 죽어 보상금나가…. 참치 꼬랑뎅이도 너희들에게 돌아가는 건 없을 거다."라고 했었다. 과연 6항차까지 만선을 한 선원들에게 나눠줄 돈이 없을 만큼 정말죽은 선원에게 보상금을 많이 줬을까? 죽은 선원의 보상금을 왜 같은 배탄 죄밖에 없는 선원들의 급료에서 제했던 걸까? 망망대해에서 보낸 세월이 참으로 허망했다.

이름마저 멋진 무역선 '화이트 로즈'

부산 집으로 돌아온 후 두 달 정도 일을 하지 않고 지내려니 초조했다. 일을 해야만 한다는 조급증이 생겼다. 남쪽 바다에서 본 커다란 무역선을 타고 싶었다. 해외에 기지를 두고 그 지역에서 고기를 잡는 우리나라 어선인기지선을 3년 탔다고 하니 나를 데려가려는 선박회사는 많았다. 하지만다시 어선을 타는 것은 내키지 않았다.

무작정 중앙동으로 갔다. 늘어선 빌딩 사이 외항 선박이라고 쓰여 있는 곳으로 들어가니 조그마한 사무실이 나왔다. 다짜고짜 외항선을 타고싶다고 말했다. 안경을 낀 나이 든 아저씨가 마침 사람을 구하는 곳이 있다며, 내일 아침 일찍 와서 신체검사를 받아보라고 했다. 선뜻 믿기지 않았다. "고맙심더."라는 말을 연발하고 돌아서서 나왔다. 공중으로 붕붕 뜨는 느낌이었다. 중앙동에서 남부민동까지는 먼 거리였지만 뛰다시피 집으로 돌아왔다.

내가 탈 배는 '화이트 로즈'라는 이름을 가진 배였다. 1년 계약에 월급은 십몇만 원이라고 했다. 부산 감만동 외항에 정박해 있었는데, 일본 고베에서 원목을 싣고 부산항으로 와 하역하는 게 업무였다.

다음 날 다시 그곳으로 가니 회사 담당자가 인적 사항을 묻고 신체검사 일정을 알려주었다. 결과가 나오기까지는 일주일 정도 걸렸다. 다행히 신체검사에서 이상은 없었다. 신체검사 결과가 나오자마자 회사로 달려가 서류를 내며 언제부터 일할 수 있는지 물었다. 담당자는 "아따~ 이 친구 성질 되게 급하네. 배가 들어와야 타지."라며 우선 집에 가서 기다리라고 했다. 며칠 안에 연락을 준다고 했지만 괜히 초조했다. 터덜터덜 다시 집으로 돌아왔다.

다시 연락이 온 것은 3일 만이었다. 날아가듯 달려갔다. 당장 내일부터 승선할 수 있냐는 물음에 오늘부터라도 탈 수 있다고 대답했다. 웃으면서 내일 간단한 짐을 챙겨오라고 했다. 하루가 어떻게 갔는지 모르게 공중을 붕붕 나는 듯했다.

난생처음 보는 음식들, 여기야말로 해상천국

나를 데리고 간 직원이 선장과 기관장, 주방장에게 소개했다. 기지 원양어선을 탄 적이 있다는 말에 주방장은 '어린 나이에 힘든 생활을 이겨냈다'고 칭찬하며 앞으로 내가 맡을 업무를 알려주었다. 배를 돌아다니며 구조도 안내해주었다. 내 침실은 큰 방이었다. 처음으로 가져보는 나만의 방이 실감이 나지 않았다. 너무 좋아 표정 관리가 안 될 정도였다.

그다음에는 식당에 갔다. 식당은 깨끗하고 고급스러웠고, 간부와 일반 선원이 이용하는 곳이 나뉘어 있었다. 처음 보는 주방은 크기도 크기려니와 여러 시설이 잘 갖춰져 있어 신기하기까지 했다. 일반 선원들은 갑판부와 기관부로 소속이 나뉘었다. 나는 기관부 소속 3등 기관원이었다. 내가 할 일은 아침 6시 주방에 와서 주방일을 돕고 기관부의 부장급인 조 기장의 식사를 챙기는 거였다. 조 기장이 식사하는 동안 그의 방을 청소하고 기관실에서 일해야 했다. 나의 식사 시간은 그 사이 잠깐 짬 날 때였다.

긴장되면서도 정신이 얼떨떨한 가운데 출항을 했다. 식사하는 것으로 아침 일과를 시작했다. 메뉴는 밥, 된장국, 김, 계란프라이, 김치, 일본 오이장아찌였다. 벽에는 요일별 메뉴판이 붙어 있었는데 난생처음 보는 팔보채, 유산슬 같은 중국요리도 있었고 갈비구이니 닭다리구이, 소꼬리찜도 있었다. 육지에서 내 형편으로는 구경하기 힘든 것들이었다. 여기야말로 해상천국이라는 생각이 들었다. 나는 평생 배를 타야겠다고 다짐을 했다.

　나는 나름대로 최선을 다해 일했다. 어느 날 조 기장이 나를 불렀다. 조 기장을 따라 그의 방으로 갔다. 긴장되는 순간이었다. 그는 구석진 곳에 손가락으로 먼지를 닦아 보이면서 청소를 제대로 하지 않는다고 호되게 꾸짖었다. 그는 산소용접기로 땜질하다가 뜻대로 되지 않으면 파이프를 잡고 있는 내게 신경질을 내고 불이 나오는 용접기를 얼굴에 들이대곤 했다. 몇 번이나 눈썹과 머리카락이 탔다. 기관실 바닥 오물 파이프를 교체할 때는 위에서 발로 내 머리를 밟아 기름과 오물이 범벅인 탱크에 빠지기도 했다. 원양어선의 노동보다 감정적으로 더 힘들었다. 윗사람들이 밀수를 종용하기도 했다. 본인들의 이익을 챙기려고 나에게 갖은 불법적인 일을 시켰다. 내가 할 수 있는 것은 버티는 것뿐이었다.

　힘들고 어려웠지만 재미있는 일도 있었다. 일본에 입항한 후 잠깐 시간이 나면 외출을 했다. 원양어선 타던 어렵던 시절에 배워둔 일본어를 기초로 삼아 일본어를 배우기 시작했다. 주방의 조리사도 일본말을 능숙하게 잘했다. 서툰 일본말로 여자 친구를 사귄 게 열정적으로 일본어를 배우는 계기가 되었다. 처음 만났을 때 어설픈 영어로 이야기를 건넸는데 그녀의 대답이 내 귀에는 세상 어느 소리보다 아름답게 들렸다. 이후 내 머리는 온통 하루빨리 일본어를 배워 그 여자와 대화를 하고 싶은 생각뿐이었다. 급하게 배우다 보니 여러 가지 웃지 못할 일들도 생겼다. 식사하고 나서 배가 부르냐고 묻는데 타고 다니는 배가 부르다고 대답한 적도 있고, 발음이 잘되지 않아 내용이 전혀 다른 말을 하기도 했다.

동경의 대상이 된 요리사라는 직업

4개월 정도 지나니 조 기장을 비롯한 윗선들이 휴가를 떠나며 하선했다. 나는 3등 기관원으로 아침 일찍 일어나 아침식사 준비를 돕는 일을 했다. 식사 준비 시간에도 콧노래가 나왔다. 마음 가볍게 선상생활을 하다 보니 자연스레 호기심도 생겨났다. 일본 말고도 파푸아 뉴기니, 인도네시아 등 동남아를 다니며 원목 싣는 작업을 하며 새로운 문화를 만끽했다.

　외출할 때면 그곳에서 만난 주방장들이 눈에 들어왔다. 유니폼을 입은 모습, 유니폼을 입고 거리를 활보하는 모습이 아주 멋있어 보였다. 선박에 주유하기 위해 중간중간 들렀던 여러 나라에서 요리사는 대우받는 직업이었다. 주방일은 기관일보다 깨끗하고 편하면서 돈도 많이 받는 것 같았다. 일주일에 한두 번씩 하루 일과가 끝나고 나면 주방 사람들과 함께 술을 마셨는데, 주방장이 나더러 주방일을 해보라고 권유했다. 사실 나는 주방에서 하는 일에 호기심도 많았고 재미도 있었다. 주방에 있으면 굶지는 않겠지 하는 생각도 들었다. 다음 배 나갈 때는 주방 쪽으로 지원해야지 하고 마음속으로 다짐했다.

화이트 로즈 호에서 어느덧 1년이란 시간이 흘렀다. 휴가차 하선해 바로 회사로 갔다. 다음 보직은 주방에서 시작하고 싶다는 의사를 밝히니 회사에서는 다시 밑바닥부터 시작해야 한다며 여러 가지 단점을 알려주었다. 자리도 많이 없거니와 들어간다 해도 제일 낮은 호봉을 받아야 했다. 승진도 어렵다고 했지만 개의치 않았다. 모든 것을 감수할 생각이었다. 기다리라는 회사의 말을 뒤로 하고 회사를 빠져나왔다.

정식으로 받은 휴가는 96일이었다. 나에게는 무료하고 지루한 기간이었다. 두 달이 채 지나기도 전에 승선하고 싶다는 의사를 비쳤지만, 주방에는 자리가 없다는 답변만 돌아왔다. 쉬는 날이 길어질수록 조바심이 났다. 육지 생활에 적응하기 힘들었다. 처음에는 왜 배 타는 사람들이 술을 좋아하는지 몰랐는데, 어느새 내가 바로 그런 사람이 되어 있었다. 망망대해에서 고독한 시간과의 싸움에서는 술이 필요했다. 휴가를 나와서는 적응이 힘들어 술기운을 빌려야 했다. 1년 만에 나온 휴가였지만 육지는 많이 변해 있었다. 우주 한 귀퉁이에 버려진 느낌이었다.

지루함과 무료함으로 몸부림치고 있을 무렵, 5개월 만에 연락이 왔다.

아직 주방에는 자리가 없지만 이번에 다녀온 뒤에는 주방으로 발령한다고 했다. 얼른 가겠다고 대답했다. 이번에는 광물을 운반하는 정기선이었다. 소양교육과 신체검사 일정을 꼼꼼하게 챙겨 점검받았다. 일본을 거쳐 호주로 가는 배였는데, 우선 일본으로 비행기를 타고 가야 했다. 난생처음 타보는 비행기에 대한 기대와 설렘을 안고 김포공항으로 향했다.

새로 지은 지 얼마 안 되었던 김포공항 2청사의 모습이 하늘을 날아간다는 나의 마음을 더 들뜨게 만들었다. 여권을 대신하는 선원수첩으로 체크인을 하고 비행기에 올랐다. 상냥한 승무원의 안내를 받는 자체가 가슴 두근거리는 일이었다. 후쿠오카에 도착하기까지는 거의 두 시간 가까이 걸렸다. 간식과 주스를 먹고 나니 바로 착륙 준비를 해야 했다. 처음 타보는 비행기의 비행시간이 짧아 아쉬웠다.

배 위에서도 세월은 가고 계절은 바뀐다

내가 탄 패트리시아 트레이드 호는 우베 항을 출발해 호주의 뉴캐슬로 향했다. 배 생활을 4년 넘게 했지만 출항할 때의 멀미는 도저히 익숙해지지 않았다. 처음 원양어선을 탔을 때보다는 덜한데도 하루 이틀 정도 멀미로 고생했다. 호주 뉴캐슬에 도착해서는 광물을 싣기 위해 보름 정도 정박했다. 길면 한 달도 걸린다고 했다. 새로운 문화를 볼 수 있지 않을까 하는 마음에 들떴던 마음도 잠시, 지루해지기 시작했다. 육지는 보이는데 나가지 못하니 항해하는 것이 차라리 낫겠다는 생각이 들 정도였다. 가끔 육지를 밟을 때도 항구 정도만 걸어 다닐 뿐, 시내까지는 멀어서 가지도 못했다. 항구에는 사람들도 몇 가구 정도밖에 살지 않는 것 같았다.

배에서는 오후 5시면 일과가 끝났다. 출퇴근 시간이 없는 만큼 무료한 시간이 많았다. 선원들은 낚시를 하기 시작했다. 나는 워낙 원양어선에 질려서 낚시는 쳐다보기도 싫었다. 그들은 선수와 선미에 자리를 잡아 낚시를 했고, 어떨 때는 팔뚝만 한 도미가 잡혀 올라오기도 했다. 그것으로 회를 뜨기도 하고, 구워 먹기도 했다.

무료한 시간 속에서도 세월은 갔고 계절은 바뀌었다. 배 생활에서 계절의 변화는 그곳이 어디냐에 따라 다르게 느껴진다. 일본 우베에서 출항할 때 초가을이었는데, 호주 뉴캐슬에서 선적을 하고 올라오니 겨울이 되어 있었다. 찬바람이 몸을 움츠리게 했던 겨울밤, 우베 항 주변을 운동 삼아 돌아볼 겸, 혹시나 또 재미있는 일이 생기지 않을까 기대하며 외출을 나갔다.

30분 정도 걸었을 때 멀리서 음식점 같기도 하고 선술집 같기도 한 불빛이 보였다. 반가운 마음에 빠르게 발걸음을 재촉했다. 컨테이너처럼 생긴 건물에 작고 동그란 네온 간판이 일본말로 '라멘', '우동'이라고 쓰여 있었다. 뭘까 하는 호기심에 문을 앞으로 당겨보고 뒤로 밀어봐도 미동이 없었다. 혹시나 해서 옆으로 밀었더니 문이 열리면서 불이 켜지고 일본어로 "어서 오십시오." 하는 여성 목소리의 기계음이 흘러나왔다. 순간 얼마나 놀랐는지…. 안을 들여다보니 라면과 우동 자판기가 양쪽에 세워져 있었다. 1980년대 초반, 우리나라는 커피자판기도 많지 않던 시절이어서 문화 충격을 느꼈다.

단란한 가족을 꾸리고 싶은 나의 꿈

1년이 지나 다시 휴가를 나왔다. 휴가 명단 발표가 있어야 휴가가 확정되는데, 회사나 교대하는 선원에게 사정이 있으면 2개월은 밀리기 일쑤였다. 나는 예정보다 4개월 늦게 휴가를 나오게 되었다.

친하게 지내던 선배와 함께 휴가를 나오게 되어 즐겁고 들뜬 마음으로 김포공항에 도착했다. 그 선배는 결혼하고 두 달 만에 승선을 했기 때문에 누구보다 휴가를 기다렸다. 짐을 찾은 후 출구로 나와서 인사를 하고 헤어지려는데 마중 나온 듯한 남녀가 우리에게 다가왔다. 둘은 다정하게 팔짱을 끼고 있었다. 선배의 표정이 어두워졌다. 선배와 결혼했던 그 여자가 이혼 서류를 들고 애인과 함께 온 것이었다. 얼마 후 선배는 이혼을 하고 다시 배를 타고 나가버렸다. 단란한 가족을 꾸려 행복하게 사는 것이 나의 꿈이었는데, 그런 광경을 눈으로 직접 보니 선원 생활에 대한 갈등과 회의감이 들기 시작했다.

하지만 당장 먹고 살려면 다시 배를 타는 방법밖에 없었다. 나는 이번에도 바로 회사에 찾아가 주방일을 하고 싶다고 말했다. 일상이 무료함 그 자체였다. 배를 타는 동안에는 귀국하고 싶다는 열망으로 애를 태웠지만, 막상 귀국해 시간을 보내니 지루했다. 배에서 세상과 동떨어진 생활을 하다 거의 2년 만에 육지를 밟으면 바쁘게 돌아가는 생활이 낯설어진다. 같이 시간을 보낼 가족이 없는 경우에는 더욱 그렇다.

스물다섯 살부터 휴가를 나오면 맞선을 보았다. 사람 인연은 쉽지 않았다. 이야기가 잘 돼가다가도 돈이나 종교 등 다양한 문제로 대화가 안 돼 맞선이 깨지기 일쑤였다. 공항에서 본 선배의 충격적인 사건 이후로는 배 생활을 접어야 할지를 두고 갈등하는 시간이 많았다. 그러다 보니 술과 친구가 되었다. 취한 상태로 있는 시간이 많았다. 결혼에 대한 갈등도 생겼다.

휴가를 뜻있게 보내지 못했다. 휴가 기간 내내 앞으로도 계속 선원 생활을 하면 미래가 어떻게 될 것인지, 육지에서는 뭘 해서 먹고살 것인지에 대한 생각만 했다. 하지만 마땅한 해결책이 없었다. 어린 나이부터 여러 곳에서 일을 했지만, 월급과 대우는 배 생활보다 못했다.

출항 전 처음 맛본 중식 코스요리

다음은 브라질로 가서 승선해야 했다. 이번에는 주방에 자리가 났다고 해서 당장이라도 항해를 떠나고 싶었다. 세 달간의 휴가가 끝나고 크리스마스에 일본으로 가는 비행기에 올랐다. 일본과 미국을 경유하는 꼬박 하루가 걸리는 긴 여정이었다.

태어나서 처음 먹어보는 기내식은 참으로 신기하기까지 했다. 포크와 나이프가 앙증맞았고 작은 용기마다 정갈하게 담긴 음식들은 끼니때마다 달랐다. 디저트의 달콤함은 대접받는 느낌까지 들었다. 리우데자이네루로 가는 일본 비행기에선 크리스마스 특식이 나와 맛있게 먹었다. 나라가 다른 비행기로 갈아탈 때마다 그 나라의 음식이 나오는 것도 새롭고 신기했다. 스페인 국적 비행기에서 디저트로 나왔던 설탕에 절인 배는 아삭아삭하면서도 달콤한 맛이 신기함 그 차제였다.

다시 LA에서 대기한 후 마이애미를 경유해 이틀에 걸친 비행을 끝내고 리우데자네이루에 도착했다. 거기서 타게 될 배는 5만 톤이 넘는 유조선 글로리아 호였다. 아래에서 올려다보니 수십 층짜리 빌딩 높이쯤 되는 것 같았다. 배는 아직 마무리가 덜 되어 사람들이 분주하게 움직이고 있었다. 출항하기까지 시간은 일주일가량 지체되었다.

출항하기 전, 선원들에게 저녁식사를 대접한다고 해서 다 함께 고급

중식당으로 갔다. 분위기가 아주 웅장하고 고급스러웠다. 업무가 끝난 뒤라 배가 엄청 고팠다. 식당에서는 각자의 접시에 코스요리를 조금씩 담아 줬다. 한 상 차려진 음식을 먹고 모자라면 얼른 갖다 먹던 습관이 있었는데, 한 접시를 먹고 나면 한참을 기다려야 나오는 음식이 야속했다. 말단 선원인 나는 배고프니 빨리 달라고 할 수도 없고 무슨 요리가 얼마만큼 나오는지 알지도 못해 답답했지만 얌전히 앉아 있을 수밖에 없었다.

당시만 해도 중식 코스요리에 대해 들어본 적도 먹어본 적도 없었다. 세 번째 음식이 나올 때까지는 약간 불안했다. 양도 적은 데다 금방 다 먹고 다음 음식이 나올 때까지 기다리다 보니 먹어도 먹은 것 같지 않았다. 이제 음식이 그만 나오면 배고파서 어떡하지 은근히 걱정되었다. 염려와는 달리 요리는 계속 나왔고, 처음보다 점점 맛도 진하고 배부른 고기요리가 나왔다. 첫 항해를 축하하는 의미로 주방장 스페셜인 통돼지 바비큐 요리가 나올 때는 배가 너무 불렀다. 후식까지 챙겨 먹고 나니 그야말로 배가 터질 것 같았다. 배고플까 봐 걱정했던 내가 어설프고 부끄럽게 느껴졌다.

드디어 마무리 작업을 끝내고 베네수엘라를 향해 첫 항해를 시작했다. 그동안의 피로와 긴장감, 심한 기후 변화에 적응하기 힘들었는지 고열에 몸살감기로 많이 고생했다.

원하던 주방 생활을 시작하다

그렇게 원하던 주방 생활을 시작했다.

주방은 주방장, 조리사, 조리 보조 두 명으로 이루어졌다. 나는 조리 보조 중 한 명으로 아침 7시에 일어나 식당 청소와 식사 준비를 했다. 식사 후에는 선임들의 방 청소를 했다. 예전과 비슷했지만 청소할 공간이 많아 바빴다. 아침을 먹고 나면 점심 준비, 점심식사가 끝나면 저녁 준비로 생각보다 엄청 바빴다. 다른 부서에서 일할 때는 주방일이 한가로운 줄 알았는데, 아니었다. 식재료 손질이며 청소까지 숨 돌릴 틈이 없었다. 그래도 기관실보다는 좋았다. 엔진 소음에 시달릴 일도 없었고, 입출항 때 바깥 구경도 할 수 있었다.

브라질에서 베네수엘라 미란다 항구까지는 이틀이 넘게 걸려 밤중에 접안했다. 첫눈에 보이는 모습이 곳곳에서 하늘 높이 치솟는 불기둥들이었다. 기름이 솟는 광경이었다. 기름 한 방울 나지 않는 나라 국민으로서 몹시 부럽다는 생각이 확 들었다. 미란다 항에서 기름을 절반 정도 선적하고 가까운 다른 곳에서 선적하기 위해 출항했다. 그곳에선 배가 커서 입항을 하지 못하고 항구 밖에 설치되어 있는 파이프를 통해 기름을 선적해 하역지를 향해 출항했다.

1월 중순 베네수엘라에서 출항할 때는 엄청나게 뜨거웠던 중남미의 기후가 일주일 정도 항해 후 목적지인 미국 포틀랜드에 가까워지자 날이 추워지기 시작했다. 부두에 닿을 때는 영하 30도까지 내려갔다. 입김으로 나온 수증기가 눈썹에 하얗게 달라붙었다. 하역 후 다시 베네수엘라로 향하니 그렇게 춥던 날씨가 일주일 만에 더워졌다.

내가 탄 브라질 글로리아 호는 부정기선이었다. 선원들은 이 부정기선을 선호하는데, 그중에서도 컨테이너선이나 유조선을 가장 좋아한다. 유조선은 안전성이 좋고 컨테이너선은 기동성이 있어 여러 나라를 많이 다니기 때문이었다. 어느 특정한 나라나 지역을 운항하는 것이 아니라, 육지에 비유하자면 용달차처럼 필요로 하는 고객에 따라 행선지가 달라지는 것이었다. 어느 나라 어느 지역에 가서 원유를 선적해서 어느 나라 어느 지역에 가서 하역하라는 회사의 오더에 따라 항해하다 보니 1년간 승선하는 동안 수많은 나라를 다니면서 수많은 경험을 했고 즐거운 일도 많았다. 시리아 타르투스 항에서 선적해 안개 가득한 지중해 연안을 6일 동안 항해한 후 그림같이 아름다운 지브롤터 해협을 지나 네덜란드에서 하역한 적도 있었다.

그다음에는 아프리카 알제리 항에서 선적해서 미국 아나코테스 항에서 하역하는 일정이었다. 알제리에서 출발, 수에즈 운하를 통과할 때는 잡상인들이 온갖 물건을 가지고 배 위로 올라와 작은 시장이 열렸다. 그들이 부르는 물건값은 처음 승선했을 때보다는 조금씩 싸져서, 2천 달러를 부르던 롤렉스 오리지널 금딱지 시계가 600달러까지 내려갔다. 그래도 아무 반응이 없자 500달러에 판다던 오리지널 금팔찌를 끼워서 롤렉스 시계와 함께 600달러에 판다고 했다. 팔찌를 다른 물체에 마구 문지른 후 보여주면서 전혀 문제가 없는 순금 팔찌라고 강조했다. 마치 우리나라의 길거리 약장사와 비슷한 느낌이었다. 선원 하나가 팔찌에 관심을 보이자 얼른 시계를 함께 주면서 흥정을 했다. 나중에 얘기를 들어보니 두 개 합쳐서 300달러에 샀다고 한다. 2천 달러 하던 롤렉스 시계와 500달러 하던 팔찌를 합쳐서 300달러에 사서 공짜로 얻은 기분이 들었던지 선원은 싱글벙글 좋아했다. 그런데 수에즈 운하를 통과한 후 상인들이 다 내리고 나서 하루 정도 지났을까, 사우디아라비아의 제다 항에 정박했는데 싱글벙글하던 선원의 얼굴이 일그러졌다. 그렇게 문질러도 아무렇지도 않던 팔찌는 발갛게 녹이 슬었고, 시계는 하루에 두 번 맞는 깡통 시계였다. 하지만 상인들은 이미 떠나버린 뒤였다.

사우디아라비아 제다에서 연료를 채우고 지중해, 홍해, 아덴만, 인도양, 동남아, 호주 북단, 태평양을 거쳐 한 달 반여 지나서 미국 아나코테스 항을 거쳐 롱비치 항에 입항했다. 롱비치에서 다음 승선을 기다리는 동안 난생처음 미국 디즈니랜드 관광을 했다.

나폴리 노천카페에서 커피 한잔

글로리아 호에서의 두 번째 항해 출발지는 이탈리아였다. 이탈리아에서 출발해서 레바논에서 기름을 선적하고 다시 이탈리아 항구에 하역하는 일이었다. 겨울의 험난한 파도와 싸우며 대서양을 건너 2월 20일경에 지중해 연안의 이탈리아 시칠리아섬 밀라초 항에 입항했다. 예방 접종을 위해 30분 정도 택시를 타고 병원에 간 일이 있는데, 이때 차창 밖으로 보이는 자연 풍광이 무척이나 아름다웠다. 산악 지역의 계곡과 나무들은 우리나라와 비슷한 듯하면서도 뭔가 다른 기품이 느껴졌다.

여러 날을 밀라초 항에서 머물다가 임무가 시작되는 사보나 항으로 향했다. 밀라초가 무겁고 좀 우중충한 분위기라면 사보나 시내는 깨끗하고 정돈된 분위기였다. 멀리 바라보이는 산들은 메말라 보였다. 일주일 정도 사보나 외항에 머물렀는데, 지중해의 3월 날씨는 흐리면서도 은근히 뼛속으로 스며드는 듯 차갑고 매서웠다. 기분마저 가라앉는 것 같았다.

사보나 항을 출발한 배는 레바논 타르투스 항에서 기름을 선적한 뒤 다시 지중해로 향했다. 지중해를 지나 다시 사보나 항으로 돌아와 하역했다. 대서양의 험한 파도 때문에 힘든 고비를 넘긴 적도 많았다. 태산 같은 파도가 금방이라도 배를 삼킬 듯이 달려들 때면 5만 톤이라는 쇳덩이는 대자연 앞에서 한낱 낙엽 같았다.

한번은 이탈리아 나폴리 외항에 닻을 내렸다. 밤 11시쯤 항구에 도착했는데, 외항에서 멀리 보이는 휘황찬란한 나폴리의 불빛은 세계 3대 미항이라는 명성에 걸맞게 아름다웠다. 부두에는 아침이 돼서야 접안했다. 밤에 보았던 찬란한 불빛과 달리 우중충한 건물들이 그렇게 아름답다는 느낌이 들지 않았다.

아침 업무를 끝내고 서둘러 시내 관광을 나갔다. 시내에 들어서니 부두에서 바라본 모습과는 또 다른 건물의 웅장함과 아름다움에 감탄하지 않을 수 없었다. 건물을 이루는 돌 하나하나의 크기도 엄청났다. 가는 곳곳마다 눈에 띄는 조각상들이 화려했던 시절의 이탈리아를 짐작케 했다. 시칠리아섬에서 본 이탈리아와는 전혀 다른 모습이었다.

노천카페를 지나는데 짙은 커피 향이 발길을 잡아끌었다. 쓴 커피를 좋아하지 않지만, 나폴리의 노천카페에서 분위기 있게 한잔 마시고 싶다는 생각이 들었다. 그래서 작은 잔에 나오는 커피를 달라고 했다. 아주 작은 잔이라 그냥 한 모금으로 다 마시면 되겠다는 생각에 한입에 털어 넣었다가 너무 쓰고 독해서 후회하기도 했다.

지중해 연안은 해산물 요리가 많았다. 피자에 멸치젓갈 같은 안초비를 올려서 먹는 것이 신기했다. 안초비는 커다란 멸치를 절여서 살만 발라 올리브오일에 담가 통조림으로 만들어놓은 것인데, 피자 위에 듬성듬성 올린 올리브와 안초비가 너무나 짜서 내 입맛에 맞지 않았다. 반면, 나폴리에서 맛본 스파게티는 오랫동안 기억에 남았다. 덜 삶아진 듯 뻣뻣한 면에 으깬 토마토와 향신료를 조금 얹어 올리브오일과 레몬만 뿌려 나오는 게 왠지 성의 없어 보였지만 맛은 최고였다.

배에서는 식자재 수급이 원활하지 못하니 음식과 관련된 해프닝도 있었다. 배에는 평균 석 달 정도 먹을 수 있는 식자재를 싣고 다녔는데 레바논, 알제리, 시리아를 거쳐 이탈리아에 도착할 때쯤 김치가 바닥났다. 이탈리아에서 배추를 찾지 못해 어쩔 수 없이 독일식 김치인 사워크라우트를 구해 식탁에 올렸다. 새콤한 맛이어서 낯설기는 했지만 일주일 동안은 별말 없이 먹던 선원들이 일주일이 지나자 불만을 터뜨리기 시작했다. 보름 만에 네덜란드에서 배추를 사다가 김치를 담근 후에야 해결이 되었다.

호텔 요리사의 꿈을 누르고 다시 배로

주방에서의 생활은 나쁘지 않았지만 마음 한쪽에는 불안감이 가득했다. 육지에서 무엇을 하며 생활을 이어갈지 고민이 되었다. 한번은 술기운을 빌려 귀국시켜 달라고 떼를 쓰기도 했다. 그 일로 3개월간 외출금지령이 내려졌다. 미국에 도착한 다음에야 휴가 명단에 올라 하선할 수 있었다. 필라델피아 공항에서 두 군데를 경유해 김포공항으로 향하는 비행기를 탔다. 24시간이 넘는 비행이었다.

큰누님이 부산에서 김포공항까지 마중을 나왔다. 옆에는 중년의 남자가 서 있었다. 매형 되는 분이라며 누님이 소개해 처음으로 인사를 나눴다. 반년 전 재혼을 결심했다는 편지를 받고 짐작은 하고 있었다. 첫 결혼에 실패 후 오랫동안 혼자 지내던 누님이 좋은 사람을 만났다는 게 분명 기쁜 일이었지만 나도 모르게 눈물이 났다. 어머니가 돌아가신 후 나를 보살펴준 누님과 이별해야 한다는 생각에 일주일 동안 배에서 혼자 눈물을 훔쳤다. 이제 정말 나 혼자 남는 것 같았다.

누님은 부산으로 함께 내려가자고 했지만 이미 나는 이별할 준비를 하고 있었다. 함께 배를 탔던 동료의 집이 신길동이었는데 자기 집에 빈방이 있다고 해서 따라갔다. 막상 내가 들이닥치니 그 친구의 어머니와 여동생이 당황한 기색이 역력했다. 거기서 간신히 한 달간 머물다 부천의 하숙집으로 거처를 옮겼다.

나는 왜인지 모르게 스물여덟 살에는 결혼을 해야만 한다는 강박관념이 있었다. 나이가 찰수록 초조함만 더해갔다. 육지에서 살고 싶었지만 무엇을 해야 먹고 살 수 있을지 막막했다. 요리사로 진로를 정한다면 어디로 가야 할지 계속 자문자답했지만 뚜렷하게 잡히는 게 없었다. 배에서의 주방과 육지에서의 주방이 마냥 다른 것처럼만 느껴졌다. 배에서 쌓은 주방장 경력으로는 호텔이나 레스토랑에 들어갈 수 있을 것 같지가 않았다.

이번 휴가를 끝으로 배 타는 생활을 청산하기로 마음먹었는데, 어느새 5개월이라는 시간이 흘러갔다. 배를 계속 타야 할지 말아야 할지 갈등이 깊어졌다. 호텔에 들어가 요리사가 되고 싶었지만 친구를 통해 알아보니 호텔 학교를 나오거나 고급 레스토랑 경력이 있어야 한다고 했다. 나는 하나도 해당되지 않았다. 경력도 마땅치 않은데 벌써 스물일곱 살이었다. 새로 학교에 들어가기도 막막했고, 배에서 1년 동안 조리 보조한 경험밖에 없어 어떻게 해야 할지 답답했다. 차라리 배나 타자고 마음을 먹었다.

조리 보조는 자리가 없어 다시 기관원으로 배에 탔다. 여러 가지 화물을 실어나르는 잡화 선이었다. 배는 스페인 라스팔마스에서 출발한다고 했다. 라스팔마스로 가는 길은 순탄치 않았다.

이번에도 서너 번 정도 비행기를 갈아타야 했다. 독일 프랑크푸르트 공항에서 스페인으로 향하는 비행기에서는 간단한 기내식이 나왔다. 다른 기내식과는 약간 다르게 나왔던 것 같다. 빵과 버터, 올리브와 안초비가 나왔는데 우리나라 젓갈같이 생긴 안초비는 비린내도 많이 나지 않고 참으로 맛있었던 기억이 지금도 생생하다. 스페인 이베리아 공항에서 다시 작은 경비행기를 타고 라스팔마스 공항에 도착했을 때는 3일째 되던 날이었다. 시차가 계속 바뀌는 데다가 경유하는 공항마다 계속 대기를 하다 보니 피로가 쌓여 내 정신이 아니었다.

라스팔마스 공항에서 호텔에 도착했을 때는 현지시각 새벽 2시가 넘는 시간이었다. 안내해주는 사람이 배가 이틀 후에 입항하기 때문에 호텔에서 푹 쉬라고 했다. 머릿속이 멍하고 비행기 소리가 여전히 귓전에 울렸지만 피곤을 풀기 위해 잠을 청했다.

눈을 뜨니 저녁이 되었는지 사방이 어둑어둑하면서 불빛이 비쳐 들어왔다. 온몸이 납덩이처럼 무거웠다. 다시 잠이 들었던 것 같은데 전화벨 소리가 울렸다. 모닝콜이었다. 죽은 듯이 잠이 들었던 것 같다. 어둑어둑하게 느꼈을 때가 저녁 무렵이었는데 다시 잠들어 모닝콜에 잠이 깼으니 26시간 가까이 잔 셈이었다.

선적하러 가는 곳은 미국이었다. 몇 번째 가는 곳이었지만 갈 때마다 정말 나라가 크다는 생각이 들었다. 곡물을 하역하는 동안 외출을 했는데 허허벌판 같은 곳에 엄청나게 넓은 주차장과 건물이 있었다. 1층짜리 건물이었는데 천장이 어찌나 높은지 안에 들어서니 3, 4층 높이는 되는 것 같았다. 넓디넓은 매장에 수많은 상품들이 진열되어 있었다. 지금은 우리나라에도 창고형 할인매장이 많이 생겨나 별로 신기할 것이 없지만, 1980년대 내 눈에는 너무나 신기했다. 고등어통조림인 줄 알고 샀던 캔이 배에 와서 보니까 개 간식이었던 웃지 못할 일도 있었다.

드디어 요리사가 되기로 결심하다

외출을 할 때면 주방장들이 눈에 들어왔다. 높은 모자를 쓰고 하얀 유니폼을 입은 모습이 멋있었다. 나도 그들처럼 손님 앞에서 요리를 하고 싶다는 생각이 들었다. 이번 일만 마치면 요리사의 길로 가야겠다고 결심하고 하선하는 것으로 마음을 굳혔다.

처음 배를 탄 후 못 보던 음식들을 먹었을 때는 별세상에 온 것 같았다. 세계 여러 나라를 다니는 동안 내 눈에 들어온 것은 하얀 유니폼을 입은 요리사의 모습이었다. 그들을 보며 나의 미래를 그려본 적도 있다. 당시만 해도 우리나라는 먹고 사는 데 급급했고, 직업으로서 요리사에 대한 인지도도 없었다. 남자가 부엌에 들어가는 것을 경시하는 풍조도 있었다. 하지만 내 생각은 달랐다. 나라가 부강해지면 머지않은 미래에서 요리사의 위상이 높아질 것이라는 확고한 믿음이 있었다.

여러 나라를 경유한 끝에 뉴욕에서 한국행 비행기를 탔다. 앵커리지를 경유해 이틀 걸려서 드디어 서울 김포공항에 도착했다. 고국의 품으로 다시 돌아오니 어머니의 품에 다시 안기는 것 같은 안도감이 들었다.

어린 나이에 배를 타기 시작해 원양어선에서 3년, 외항선을 타며 6년을 보냈다. 돌이켜보면 참으로 짧고도 긴 세월이었다. 아시아, 유럽, 남미, 북미, 오세아니아, 아프리카 희망봉, 태평양, 인도양, 대서양 등 세계의 바다를 항해했고, 바닷길 192킬로미터 수에즈 운하는 네 번이나 통과했다. 태평양과 대서양을 잇는 82킬로미터의 웅장한 파나마 운하도 두 번이나 지나갔다. 다 배를 탔기에 경험을 할 수 있었던 것이라 생각하니 아쉬움이 남았다. 하지만 육지 생활을 꿋꿋이 하기 위해서는 미련을 버려야 했다. 내가 정착을 하고 살아야 할 곳은 바다가 아니라 육지였기 때문이다.

수없이 고민하고 갈등한 끝에 요리사가 되기로 결심하고 배에서 하선하기로 마음을 굳혔다. 그동안 선진국이라는 많은 나라들을 다니면서 본 것 중에 항상 요리사가 눈에 띄었다. 일본에서 요리사 복장을 하고 거리를 활보하는 모습이나, 높은 모자를 쓰고 고객들에게 서빙하는 유럽의 요리사 모습이 너무 멋져 보였다. 손님들이 우러러보는 모습에서 미래의 나의 모습을 그렸다. 좋은 환경으로 바뀌지 못한다 하더라도 최소한 요리를 하는 직업이니까 포장마차라도 하면 밥은 굶지 않겠지 하는 생각으로 내가 하려는 요리사 직업에 대해 스스로 위안을 했다.

3장

요리사의 길

직업훈련원을 마치고 올림피아 호텔에서 요리사 시작

배 생활을 끝내고 요리사가 되기 위해 신길동에 있는 직업훈련원에 등록을 했다. 강사가 요리 시연을 하면 그것을 그대로 꼼꼼하게 적고 색깔 볼펜으로 그림으로 그려 나만의 요리 노트를 만들었다. 실습 시간에 그것을 보며 요리를 했다. 그 당시 플라자 호텔에서 근무하시는 부장님이 특강을 해주셨는데 노련한 칼 솜씨로 사과와 당근의 껍질을 벗기는 게 신기하고 멋있었다. 직업훈련원에서의 3개월이라는 시간을 어떻게 보냈는지 모를 정도로 시간은 빠르게 흘렀다. 그 당시 28세의 나이는 육지 생활에 적응하고 취직하기에 적은 나이가 아니었다. 그러기에 누구보다도 혼신의 노력을 다했다.

배 생활을 그만두려고 마음먹은 내게 다시 배를 타는 게 어떻겠냐는 회사의 권유가 여러 차례 있었다. 요리사의 길을 걷기로 마음먹은 터라 나는 바로 사직서를 제출했다. 막상 사직서를 제출하고 나오는 기분은 시원섭섭하면서도 허전했다. 만약 그때 사표 수리가 안 됐으면 어떻게 됐을까? 아직도 나는 배를 타고 있지 않았을까.

3개월의 노력은 헛되지 않았다. 직업훈련원의 윤 강사님이 서울 평창동에 있는 올림피아 호텔에 취직하는 것을 도와주었다. "자네 학교 나온 것도 그렇고, 나이도 좀 많아서 어렵게 부탁드렸으니까 열심히 하게."라며 윤 강사님이 나에게 당부했다. 감사하기도 했지만 부담도 컸다. 사실 나는 중학교 중퇴의 학력을 가지고 있었다. 그 얘기를 듣고 공부를 해야 된다는 생각이 떠나지 않았다.

호텔 주방 사무실에서 면접을 봤는데 바로 정식직원으로 발령은 어렵고 6개월 동안의 실습기간을 거쳐야 한다고 했다. 잘하면 6개월 전에 정식직원으로 전환될 수도 있다고 했다.

첫 출근은 1984년 9월 12일이었다. 아직도 그 날짜가 생생하게 기억난다. 처음 경험하는 호텔 주방 생활이라 궁금한 것도 많았고, 남들보다 늦게 시작했기에 모든 것을 빨리 습득해야 한다는 압박감이 들었다. 남들보다 일찍 출근하고 남들보다 늦게 퇴근했다. 선배들은 질문하는 나를 놀리면서 잘 알려주려고 하지 않았다. 나이가 나보다 어린데도 먼저 들어왔다는 이유로 괜히 트집을 잡아 나를 괴롭히기도 했다. 어이없었지만 화는 나지 않았다.

출근한 지 얼마 안 됐을 때, 음식물 쓰레기통을 비우고 오느라 식사 시간을 놓친 내게 한 선배가 뜨거운 국밥을 몰래 준 적이 있다. 누가 볼까 봐 나를 식자재 저장하는 냉장창고에 밀어 넣었는데, 추운 냉장고 안에서 선 채로 국밥을 먹는 내내 뜨거운 눈물이 쏟아졌다. 나보다 앞서 호텔 일을 하던 선배들은 예전에는 더 열악한 환경이었다고 하니, 이마저도 감지덕지였다.

바다에서 막장이라고 할 만큼 어렵고 힘든 원양어선을 탔는데도 호텔 생활 적응은 그리 쉽지 않았다. 나이 먹고 경험도 없는 나 자신을 탓하면서 이를 악물고 최선을 다했다.

박봉에 열악한 근무 환경, 집념으로 버텨내다

호텔 생활이 힘들기도 했지만 배우는 것도 많았다. 호텔에서 처음으로 배운 건 물품 관리였다. 전날 주문했던 식자재들을 아침에 수령하여 식품 재료들을 카트에 싣고 냉장고와 냉동고에 유통기한별로 정확하게 정리정돈하는 일이다. 설거지도 내가 해야 할 몫이었다. 프라이팬과 각종 기구들을 씻고 닦느라 정신이 없었다. 그 와중에도 조금이라도 시간이 나면 선배들의 요리하는 과정을 어깨너머로라도 배워보려고 애를 썼다. 학원에서는 작은 냄비를 사용해 적은 양의 요리를 만들었는데, 이곳에서는 커다란 냄비에 많은 양의 요리를 만들기 때문에 체력도 강해야 했다.

하루는 선배 하나가 큰 냄비에 밀가루와 버터 넣고 루(서양요리에서 소스나 수프를 걸쭉하게 하기 위해 밀가루를 버터로 볶은 것)를 볶아 베샤

멜소스를 만들었다. 선배는 나한테 양손으로 냄비를 꽉 잡고 있으라고 하면서 뜨거워도 손을 떼면 안 된다고 했다. 우유를 넣고 휘저을 때 뜨거운 반고체 상태의 덩어리가 손등에 튀었지만 손을 떼지 않고 뜨거워도 꾹 참았다. 그렇게 인내하면서 옆에서 본 덕분일까, 베샤멜소스를 더 맛있게 만드는 법을 확실히 알게 되었다.

일은 많이 고되었지만 호텔에서 받는 월급은 너무 적었다. 생활하기조차 어려울 정도였다. 배 생활을 하면서 외국에서 봐왔던 선진국 요리사들의 형편과는 완전히 달랐다. 열악한 생활환경에, 사회적인 인식 또한 높지 않았다. 직장까지 출퇴근도 힘들었다.

당시 부천 역곡에 살던 나는 평창동에 있는 호텔까지 출근하는 데 두 시간 넘게 걸렸다. 버스도 세 번이나 갈아타야 했다. 정해진 출근 시간은 9시였지만 7시 30분이나 8시면 출근했다. 퇴근 시간도 정해진 7시를 넘어 10시가 다 되도록 일을 하고 퇴근했다. 지성이면 감천이라 했던가, 3개월 만에 정직원이 되었다. 6개월의 실습 기간을 3개월로 줄인 셈이었다. 정직원이 되었지만 실습생 때보다 월급은 그리 많이 늘어나지 않아 생활하기에 큰 도움이 되지는 않았다.

생활고 때문에 다시 배를 타야겠다는 마음으로 선박회사를 찾아간 적이 있다. 직원이 서류를 내밀면서 고과 점수가 매우 좋으니까 발령을 내드릴 수는 있는데 육지에서 살려고 마음을 먹었으면 좀 더 생각을 해보라고 했다. 그때 다시 한번 더 노력해봐야겠다고 반성하며 돌아섰다. 모자라는 생활비는 부업으로 새벽에 우유 배달을 하며 충당했다.

나는 요리를 남들보다 늦게 시작했기 때문에 이것저것 빨리 배우고 싶은 마음이 앞섰다. 양식 파트뿐만 아니라 일식, 중식 전문인 선배들에게도 퇴근 후 술까지 사가며 기술을 배웠다.

일식 선배에게는 밥 짓는 것부터 초밥 간 맞추는 법, 생선 뜨는 법, 초밥 쥐는 기술에 이르기까지 진귀한 기술을 많이 전수받았다. 초밥을 손에 쥘 때는 밥의 양이 일정해야 했다. 밥 알갱이의 양이 80알에서 90알 정도로 정확해야 하며, 빛에 비춰서 알갱이 사이로 빛이 새어나올 정도로 부드럽게 쥐어야 했다. 최대한 빠른 손동작으로 만드는 것이 신선함을 유지하는 비결이었다. 중식 선배에게는 동파육, 유산슬 등의 레시피를 배웠다. 화교 출신 선배들의 도움도 많이 받았다. 그들은 자세하면서도 자상하게 일일이 지도를 해주었다. 그런 것들이 오늘의 나를 만들었다.

'남부럽지 않은 가정을 만들고 싶다'

나에게는 남부럽지 않게 잘 살아야겠다는 집념이 있었다. 남보다 일찍 출근하고 늦게 퇴근하며 직장 생활에 최선을 다했다.

호텔에 입사하고 정직원이 된 지 한 달 만에 결혼을 했다. 나는 스물여덟 살에 결혼하겠다는 목표가 있었다. 배를 타다가 휴가 기간이 되면 맞선을 수없이 봤다. 배 생활을 그만두고 요리사의 길을 가기로 결정한 그해에는 결혼해서 안정을 찾고 싶다는 생각이 절실했다. 배 탈 때 친하게 지내던 동료의 소개로 맞선을 보고 한 달 만에 식을 올렸다. 부족한 점은 채우면서 맞춰갈 수 있을 거라고 생각했다. 당연히 하객은 많지 않았다. 부모님도 없고, 10년간 배를 타다가 육지 생활 4개월 만에 결혼한 내게 하객이 있을 리가 만무했다.

배 생활을 하며 모아둔 돈으로 결혼하면서 겨우 방 하나를 얻었다. 신혼집에서 직장인 올림피아 호텔까지는 아주 먼 거리였다. 지금은 전철이 개통되고 교통편이 좋아져서 빠르게 오갈 수 있지만, 당시는 버스를 몇 번이나 갈아타고 출퇴근해야 했다. 제 시간보다 일찍 도착하기 위해서는 새벽 5시에 나와야 했다. 집에 머무는 시간은 얼마 되지 않았다.

어느 날 밤, 주방일을 마무리하고 있는데 아내가 사무실로 전화를 했다. 아내는 공포에 질린 목소리로 집에 도둑이 들어왔다고, 빨리 오라고 했다. 전화를 받고 부랴부랴 집에 도착했더니 조용했다. 문을 열고 들어가니 아내가 방구석에 쪼그리고 앉아 벌벌 떨면서 울고 있었다. 누군가 문을 두드리기에 열어주었더니 남자 한 명이 확 밀고 들어와서 휙 둘러보고는 가져갈 것이 없었는지 화를 내면서 그냥 바로 나갔다는 것이다. 단칸방에는 덩그러니 놓인 작은 옷장뿐, 아무것도 없었다. 임신 3개월이던 아내가 무사한 것이 불행 중 큰 다행이었다.

그날 이후 불안해하는 임산부 아내가 신경 쓰여 출근을 해도 일이 손에 잡히지 않았다. 직장이 있는 평창동과 가까운 연희동으로 이사를 하기로 마음먹고 방을 알아보는데 부천 역곡보다 훨씬 가격이 비쌌다. 그때 오르막이 심한 꼭대기 집의 문간방이 하나 나와 있어서 급히 이사를 했다. 아내와 가까이 있을 수 있어 마음이 편했다.

어느새 아내의 배는 불렀고 어느 날 아침에 배가 아프다고 해 가까운 대학병원으로 가서 입원을 시켰다. 큰 병원이라 보호자가 필요 없다고 했다. 입사한 지 얼마 되지 않았을 때라 아내의 출산 때문에 늦는다고 말하기가 어려웠던 난 다행이다 싶어 바로 회사에 출근했다.

일하고 있는데 오후 4시쯤 병원에서 연락이 왔다. 아내가 딸을 순산했다고 했다. 서둘러 일을 마치고 병원으로 달려갔다. 눈도 제대로 뜨지 못한 채 꼬물거리는 아기를 보는 순간, 가슴에서 뜨거운 것이 올라왔다. 어떻게든 잘 키워야 한다는 생각밖에 없었다. 나도 아내도 부모님이 돌아가시고 없었기 때문에 책임감이 더 크게 다가왔다. 자식에게 가난은 절대 물려주지 말아야 한다는 생각뿐이었다.

우리에게 찾아온 첫딸과 아들

딸이 집으로 온 그해 겨울은 유난히도 추웠다. 언덕 꼭대기 집이라 외풍이 더욱 심했다. 방 윗목에 있는 물이 얼 정도였다. 이불에 싸여 누워있는 딸의 볼이 발갛게 되어 마음이 너무나 아팠다. 나중에는 이불을 이글루처럼 만들어서 아기를 그 안에 집어넣고 들여다보기도 했다. 목숨과도 같은 소중한 자식에게 이렇게밖에 해줄 수 없는 가난은 참으로 피눈물 나는 아픔이었다.

연희동에서 그해 겨울을 보내고 독산동 지하 방으로 옮겼다. 방값도 싸고 물가도 싸서 생활비가 적게 들었다. 무엇보다 방이 두 개나 되어 좋았다. 그 집에서는 2년을 살았고 딸의 돌잔치도 치렀다. 돌잔치는 회사 선후배 동료들을 초대한 가운데 성대하게 치렀다. 하지만 지하에 있는 방이라 눅눅해서 곰팡이가 자주 피고 퀴퀴한 냄새가 머리를 아프게 했다. 딸의 피부에도 붉은 반점이 생겼다. 아이의 건강이 걱정돼 거기서 그리 멀지 않은 시흥동에 방 한 칸과 부엌 한 칸짜리 1층으로 다시 이사를 했다. 단칸방이었지만 지하 방보다 좋았다.

딸의 재롱에 한창 빠져 있을 무렵 둘째 아들이 태어났다. 의사는 태아가 목에 탯줄을 감고 있어 인큐베이터에 하루 정도 있어야 할지 모르겠다고 했다. 그러면서 걱정은 안 해도 된다고 했는데 왠지 마음이 불안하고 걱정되어 안절부절못했다. 회사에서 일도 손에 안 잡혔다. 다음 날 분만실 간호사가 데리고 나온 아들을 본 뒤에야 안심이 되었다. 마음 졸이고 긴장했던 그때를 생각하면 지금도 가슴이 두근거린다.

출산을 했지만 아내의 산후조리를 도와줄 사람이 없었다. 매일 직장에 나가야 하는 내가 아내의 산후조리를 해주기도 어려웠고, 자기 몸 관리도 힘든 산모가 딸까지 돌보기가 힘들었다. 할 수 없이 부산의 아는 형님에게 한 달만 돌봐달라고 부탁했다. 세 살짜리 딸아이를 데리고 열차를 타고 내려가는데 아이가 엄마를 찾으며 우는 바람에 객차 제일 마지막 칸으로 데려갔다. 멀어지는 기차역을 손가락으로 가리키며 "엄마, 엄마." 하면서 우는 그 모습을 생각하면 지금도 가슴이 미어지는 듯하다.

딸아이를 보내놓고 아내의 산후조리를 도왔다. 산모에게 좋다는 가물치를 사다가 참기름, 마늘, 생강을 넣고 푹 고아 진한 국물을 만들기도 하고, 돼지 족발을 사다가 푹 고아놓기도 했다. 새벽같이 일어나 모든 준비를 끝내놓고는 서둘러 일터로 향했다. 옆에서 지켜보며 돌보지는 못했지만 내 나름 최선의 노력이었다.

아이들이 커가면서 이왕이면 좀 더 나은 환경에서 자라게 하고 싶어 아파트를 알아보았다. 당시 서울의 전셋집은 1억 원이 넘었다. 가질 수 없는 그림의 떡이자 참담한 현실이었다. 곰곰이 생각한 끝에 직장에서 멀더라도 전철이 닿는 곳이라면 괜찮을 것 같았다. 지인의 소개로 경기도 의왕의 방 두 개짜리 작은 아파트를 구입하기로 마음먹었다. 처음으로 내 집 마련을 했지만 돈이 부족해서 전체를 우리가 다 쓰지 못했다. 우선 큰방은 전세를 주고 작은방과 붙어 있는 다용도실을 우리가 사용하기로 했다. 그렇게 해서 23평 아파트에 두 가구가 생활했다.

아들 녀석은 탯줄을 감고 나오는 등 어릴 때는 여러 가지 어려움이 많았지만 자라면서는 아프지 않고 잘 커주었다. 딸 역시도 건강하고 바르게 잘 자라주었다.

검정고시 합격, 그리고 이직

어릴 때부터 찢어지게 가난한 삶이 너무나 싫었다. 그래서 일찍이 일터에 뛰어들다 보니 사실 나의 최종 학력은 중학교 중퇴였다. 그렇지만 내 안에 공부를 향한 열정은 남아 있었다. 배를 타면서 조금이라도 틈이 생기면 닥치는 대로 책을 읽었다. 그래도 공부에 대한 나의 열망은 해소되지 않았다. 학교를 다시 다녀서 졸업을 해야겠다는 생각으로 검정고시학원 새벽반에 등록했다.

이때부터 나의 하루는 새벽 3시에 시작되었다. 새벽 수업을 마치고 늦지 않게 회사에 출근하기 위해서는 정신없이 움직여야 했다. 호텔 일을 하면서 공부를 병행하는 것은 쉽지 않았다. 상사나 선배들이 알면 싫어할 것 같아 숨기고 다니느라 더 힘들었다. 느지막이 공부하려니 머리가 돌아가는 것 같지도 않았다.

새벽에 연희동에서 노량진 검정고시학원에 갔다가 평창동 호텔로 출근하는 생활을 2년 가까이 했다. 드디어 공부를 시작한 지 2년 만에 중·고등학교 과정 검정고시에 합격했다. 힘든 생활에 몸무게가 많이 줄어들었지만, 그제야 안도가 되었다. 그러고 나서 얼마 안 돼 원래 다니던 호텔을 퇴사하고 여의도로 직장을 옮겼다. 너무나 바쁜 시간 속에 일어난 일들이라 나 자신도 정신이 없었다.

1984년, 63빌딩이 완공을 바라보고 있었다. 올림피아 호텔에서도 63빌딩으로 가는 사람들이 많아서 분위기가 어수선했다. 월급을 많이 받고 간다고 했다. 나도 생활고를 해결하는 방법은 63빌딩으로 가는 길밖에 없을 것 같아 이곳저곳 수소문해보았다. 마침 형님의 친구가 신라호텔에 있었는데 63빌딩에 책임 요리장으로 가게 되었다며 나를 추천해주겠다고 했다. 당시 63빌딩 외식사업부는 신라호텔과 기술제휴 협약으로 운영되었고, 책임 요리장들은 신라호텔에서 나온 사람들이었다. 직원 관리 감독과 채용은 모두 신라호텔에서 파견 나온 책임 요리장들이 하고 있었다.

서류를 제출하고 몇 주 동안 아무 연락이 없어 '서류심사에서 떨어졌구나.' 생각하고 있었는데 연락이 왔다. 접수한 취업서류가 누락이 된 것 같으니 이번에는 직접 서류를 가지고 회사로 오라는 것이었다. 서둘러 서류를 챙겨갔다. 형님의 친구는 보자마자 "이봐! 너 면접 온 복장이 그게 뭐냐?" 하고 호통을 쳤다.

7월의 더운 날씨라 편하게 티셔츠를 입고 갔는데 그게 심기를 거스른 모양이었다. 그는 서류를 받더니 내일 면접 때는 복장을 갖춰 입고 오라고 말했다. 양복이 없어 체크무늬 윗옷에 어설픈 넥타이를 매고 면접을 보러 갔다.

면접관은 다섯 명이었다. 별다른 질문 없이 제출한 서류만 형식적으로 보는 것 같았다. 그중 한 면접관이 결혼했느냐고 물어서 아기가 배 속에 있다고 대답했다. 그는 웃으면서 "열심히 사세요."라는 말을 해주었다.

면접을 보고 나서 며칠 고심을 하다가 올림피아 호텔 요리부 사무실에 사표를 제출했다. 입사한 지 11개월 12일째 되는 날이었다. 예견했던 대로 욕설에 가까운 이야기를 들었다. 인간적으로 부탁을 해서 취직시켜줬는데 1년을 채 못 버티고 그만둔다고 화를 냈다. 나라도 배신감이 들 것 같았기에 그 같은 반응이 이해가 갔다. 하지만 육지에서 살아남기 위해서는 어쩔 수 없었다.

대한민국에서 가장 높은 63빌딩에 입사하다

63빌딩은 당시 대한민국에서 가장 높은 빌딩이었다. 63층에는 전망대가, 그리고 건물 내부에는 커다란 수족관과 아이맥스 영화관이 있었다. 뷔페에는 음악에 따라 조명이 바뀌고 춤을 추는 것처럼 물을 뿜어내는 분수도 있었다. 한국 사람이라면 한 번이라도 가보고 싶은 명소였다. 그곳으로 출근하라는 통지를 받은 것이다. 어설픈 복장에, 면접도 제대로 보지 못했는데 나를 잘 봐준 모양이었다. 그렇게 해서 1985년 8월 3일부터 63빌딩으로 출근을 하게 되었다.

내가 입사해서 배정받은 업장은 직영사업본부 63분수프라자 뷔페였다. 기쁘고 들뜬 마음에 한동안 힘들어도 힘든 줄 모르고 행복했다. 처음 보는 750석짜리 업장 규모에도 놀랐지만 무엇보다 분수에 혼을 뺏겼다. 노래가 나오면 그 노래에 맞춰 갖가지 색의 화려한 조명이 분수 물줄기를 물들이고, 그 물줄기가 춤을 춘다. 난 일하다가도 문득 분수를 바라보며 넋을 잃어 혼나기도 했다.

주말이면 몇 천 명씩 밀려드는 손님으로 인해 정신없이 바빴다. 스물아홉 살, 나이는 좀 많은 편이었지만 아직 3급 요리사였다. 올림피아 호텔에서 했던 것처럼 아침에 출근하고 검수과에서 식재료를 수령해서 각 주방으로 실어 날라야 했다. 한식, 중식, 일식, 양식, 이렇게 네 군데나 들러야 했는데, 특히 손님이 많은 주말이면 몇 톤이나 되는 식재료를 날라야 했다. 식재료 나르는 일이 끝나면 주방에 쌓인 냄비나 팬들을 재빠르게 씻어 정리했다. 온몸이 부서지는 듯이 힘들었지만, 그것으로 끝나지 않았다. 샐러드 만드는 일을 도우며 틈틈이 어깨너머로 많은 것들을 배웠다.

시간이 흐를수록 일을 잘하는 요리사와 못하는 요리사가 보였다. 일을 못하는 요리사들도 몇 군데 호텔에서 몇 년 있었다는 식으로 자랑을 늘어놓았다. 그들보다 나이도 많고, 경력이라야 선상의 주방에서 1년, 호텔에서의 경력이 1년인 나로서는 내세울 것이 마땅치 않았다. 남다르게 열심히 일하는 것만이 그들보다 앞설 수 있는 길이었다.

이곳에서의 생활도 생각했던 것보다 쉽지 않았다. 선배, 동료 간의 갈등이 있었다. 선배든 동료든 대부분 나보다 나이가 어렸다. 나는 나이가 많고 적고는 신경 쓰지 않았다. 식재료를 나르는 육체적인 노동도 어느 정도 참을 수 있었다. 하지만 비인격적인 굴욕은 참기 힘들었다. 나는 그 힘들다는 원양어선도 타고 온 사람이다, 이 정도는 아무것도 아니라는 생각으로 인내하고 견뎠지만 스트레스는 날로 쌓여갔다.

퇴근 후 밤중에 관악산에 뛰어 올라갔다 올 때도 있었다. 한번은 정상바로 직전에 탈진해서 바위에 한참을 누워 있었다. 솔잎을 씹으면서 기다시피 겨우 내려왔다. 쉬는 날 전날에는 버스를 타고 갑사로 가서 계룡산

삼불봉에 올랐다. 아무도 없는 새벽녘에 올라가서 짐승처럼 고래고래 고함을 지르기도 했다. 지금 생각해보면 나 나름의 스트레스 해소법이었던 것 같다.

63빌딩 요리사들은 기술제휴로 신라호텔에 가서 연수를 받곤 했다. 신라호텔 프랑스 식당 라 콘티넨탈의 주방장은 아주 젊은 사람이었다. 실력 좋고 재미도 있었다. 이탈리아 식당 라 폰타나 주방장은 이탈리아 시칠리아 출신으로 몸집이 큰 편이었다. 불룩한 배는 만삭 임산부보다 더 나왔다. 그는 아침에 출근해서 "헤이 미스터 구, 굿모닝."이라고 말을 걸며 하루를 시작했다. 나에게 쉴 새 없이 일을 시켰다. 힘들었지만 할 만했다. 한번은 퇴근 전에 기술을 하나 가르쳐주겠다고 제안했다. 비스킷 만드는 법을 알려주겠다는 거였다.

밀가루와 버터를 적당한 양으로 혼합해서 계속 치대고, 또 치대고, 겹쳐서 치대고 펴는 과정을 수없이 반복했다. 마지막에는 팬에 담아 얇게 편 후 포크로 찔러 살짝 구멍을 냈다. 오븐에 구워내니 그 맛이 기가 막혔다. 맛의 관건은 얼마만큼 많이 잘 치대는가였다. 요리란 것은 알면 알수록 신기하고 재미있는 것 같았다.

63빌딩을 초긴장으로 몰아넣은 VVIP 방문

1986년 어느 늦여름이었다. 대통령이 63빌딩 전망대를 보기 위해 방문했다. 보안 때문에 일반인 손님은 단 한 명도 올 수 없게 빌딩 출입을 막았다. 내부 직원들도 신원조회를 거쳐야 했다. 일주일 먼저 신원조회를 마치고, 이틀 전에는 설계도를 들고 다니면서 천장을 비롯해 식당의 구석구석까지 정밀하게 점검했다. 하루 전에는 냉장고를 비우라고 했다. 일상적인 업무가 마비될 정도였다. 냉장고에 있는 식재료와 음식물들을 다른 곳으로 옮겨야 했는데, 그들이 가져온 대통령 전용 물건을 대신 넣고 납으로 밀봉해버렸다. 그러고는 잘 알아듣지도 못하는 말을 해댔다. 납봉 파손 시에는 대통령법에 따라 어떻게 된다느니 하면서 협박조였다.

　대통령이 오시는 날 출근해서 일하는데 군복과 양복을 차려입은 사람들이 들이닥쳤다. 그중 군복을 입은 사람이 갑자기 요리사들에게 똑바로 하라고 하면서 구둣발로 정강이를 찼다. 발은 정강이를, 주먹은 등을 향했다. 사정없이 때렸다. 당황하고 겁에 질려 있는 요리사들에게 군대에서 부하 군인들에게 하듯이 명령했다. "오늘 대통령이 오실 때 밖을 절대 쳐다보면 안 된다. 너희가 만든 음식이 청결하지 못하면 전부 영창으로 가는 거다. 알겠나?" 요약하자면 그랬다. 식기류도 우리가 손도 못 댔다. 냉장고에 넣어두었던 물건을 꺼내어 양복을 입은 사람이 정리했다. 보기에도 고급스러운 접시며 유리잔, 수저 등의 식기들이었다. 나는 근처에도 못 가게 했다.

선배들은 그 사람들이 지켜보는 가운데 국무총리며 수행 장관들의 음식을 담아냈다. 대통령이 도착했을 때는 고개조차 못 들게 했다. 나는 별로 한 것도 없는데 끝나고 나니 온몸에 기운이 쭉 빠지는 듯했다. 그 대통령은 임기를 마친 후에도 종종 우리 식당을 찾았다. 미디엄 레어 스테이크를 정말 좋아하는 것 같았다. 임기 때만큼의 규모는 아니었지만, 오실 때마다 수행원을 대동했다.

1987년은 전국적으로 비가 많이 내린 해였다. 부산에 있는 어머니의 산소가 홍수로 유실되었다고 연락이 왔다. 부산에 가야 하는데 입사한 지 2년밖에 되지 않아 차마 말을 꺼낼 수가 없었다. 눈물만 글썽이고 있는데 선배가 왜 그러냐고 물었다. 사실을 얘기하니까 1박 2일로 다녀오라고 했다.

산소에 도착해보니 유골이며 비석이 뒤엉켜 태산같이 쌓여 있었다. 입이 다물어지지 않고 눈물만 쏟아졌다. 돌아가신 지 오래되었지만 산소에 가면 눈물범벅이 되는데, 엉망이 되어 유골도 찾을 수 없을 정도가 된 상황을 보니 돌아가셨을 때처럼 가슴이 미어터질 것 같았다. 산을 샅샅이 뒤져서 어머니의 비석을 찾아 빈 묘를 만들었다. 빈 묘지이지만 나는 1년에 두 번씩 명절 때마다 찾아가 정성스럽게 가꾼다. 빈 묘지 근처 어딘가에

계실 엄마의 영혼이 항상 함께한다고 생각되었고, 또 그렇게 생각하니 마음이 편해졌다.

어머니의 산소를 정비해놓고 나는 다시 일상으로 돌아왔다. 여전히 아침 일찍 출근하고, 밤늦게 퇴근하는 같은 일상이 반복되었다.

요리에 대한 열정과 노력을 경험한
일본 오쿠라 호텔 연수

신라호텔은 일본에서 최고급 호텔이라고 하는 도쿄 오쿠라 호텔과 기술제휴를 하고 있었다. 신라호텔이 63빌딩 식음사업과 기술제휴 체결이 되어있는 관계로 우리는 신라호텔 요리사들처럼 오쿠라 호텔에 연수를 갔다. 나는 3년 동안 해마다 한 달씩 세 번 오쿠라 호텔 프랑스 식당 '에포쿠'에 연수를 갔다.

처음 연수를 갔을 때 놀라웠던 것은 그들의 일에 대한 열정과 노력이었다. 매일 반복되는 일이라도 치밀하고 세심하게 신경 썼고 아무리 작은 일이라도 대충 하는 일이 없었다. 심지어 쉬는 시간에 한국 요리책을 보고 공부하면서 내게 냉면 육수 맛있게 만드는 법을 알려달라고 할 정도였다. 무섭다는 생각까지 들었다.

나는 그들보다 더 열심히 해야겠다는 각오로 일찍 출근하고 조금이라도 늦게 퇴근하면서 구석구석 청소며 허드렛일을 도맡아 했다. 그러면서 그들과 친해졌고, 그들 사이에서 다른 견습생과는 다르다는 소리를 듣게 되었다. 세 번에 거친 오쿠라 호텔 연수를 통해 많은 경험을 쌓았다. 일본인 요리사들과 친밀한 인맥을 쌓는 계기가 되기도 했다. 처음에는 아는 체도 하지 않던 책임자가 나중에는 직접 요리를 만들어 내게 파티를 열어주기까지 했다. 다들 나이가 많은 선배였지만 친구처럼 스스럼없이 대해주었다.

몇 년이 지난 후 오쿠라 호텔에 가니 처음 연수 갔을 때 친하게 지냈던 요리사들이 대부분 승진을 하거나 부서 책임자 자리에 올라 있었다. 특히 친하게 지냈던 스즈키 요리장 집에 초대를 받았다. 그는 요코하마의 아파트에서 살고 있었다. 오쿠라 호텔이 있는 도쿄에서 요코하마까지는 급행 열차로 한 시간 남짓 걸렸다. 스즈키 요리장의 부인이 반갑게 맞아주었다. 그가 한국에 부인과 함께 왔을 때 내가 대접한 적이 있었는데, 그것에 감사해서 자기 집에 꼭 초대하고 싶었다고 했다.

함께 참치 집에 가서 술을 마셨다. 스즈키 씨가 나를 위해 특별 주문한 참치를 안주로 술을 마시다 보니 나도 모르게 술이 많이 들어갔다. 집에 돌아와서 위스키까지 마셨다. 거의 기절하다시피 잠이 들었던 것 같다.

스즈키 씨는 아침이 되자 언제 술을 마셨냐는 듯 부산스럽게 외출 준

비를 했다. 수산시장에 가려면 일찍 나가야 한다고 했다. 서둘러 집을 나
서는데 아직도 바깥에는 어둠이 깔려 있었다. 추적추적 비가 내렸다. '나
가사키는 비가 내렸다'라는 가사가 생각나서 노래 가사를 빗대어 "요코하
마에 비가 내린다."라고 하니까 스즈키 씨는 웃으면서 시인 같다고 했다.

우리는 고속열차를 타고 도쿄에 도착해서 도쿄는 물론 세계최대로 알
려진 츠키지 수산시장으로 향했다. 당시만 해도 우리나라와는 비교되지
않는 수산시장의 규모와 진기한 종류의 생선들에 놀라지 않을 수 없었다.
특히 크기와 종류별로 모아놓은 수많은 참치를 보면서 참치 배를 3년이나
탄 나로서도 입을 다물 수가 없었다.

스즈키 씨는 자상하게 구석구석을 안내하면서 구경을 시켜준 후 아침
을 먹자며 시장 안에 있는 스시 식당으로 안내했다. 먹은 게 몇 개 되지는
않았지만 싱싱하고 달큰한 스시의 그 맛이 아직도 기억에 남아 있다. 우리

는 식사를 마치고 시간 맞춰 호텔로 출근했다.

프랑크푸르트 세계요리대회의 선수로 뽑히다

1992년, 독일 프랑크푸르트에서 세계요리대회가 열린다는 소식을 들었다. 회사에서는 누구를 선발해 출전시킬지 고민했다. 나는 입사한 지 7년이 되었지만 다른 직원들에 비하면 근무 기간이 짧아 대회출전에 따로 기대를 품거나 출전할 의사를 내비치지는 않았다.

회사에서는 세계요리대회인 만큼 성실하고 어느 정도 실력을 갖춘, 외국에 많이 나가본 경험이 있는 사람을 위주로 선발하는 것 같았다. 배를 타고 해외를 많이 다닌 덕분인지 생각지도 못하게 출전의 기회가 주어졌다. 얼떨떨했다. 규모가 작든 크든 나는 요리대회 출전은 생전 처음이었다. 여러 가지 생각이 들었다. 그동안 내가 갈고닦은 실력이 어느 정도인가, 세계요리에 대해 공부해볼 기회다, 세계대회이니 대회 경험을 해보자. 그리고 연습도 열심히 해서 좋은 성적을 내고 오자는 각오를 다졌다.

세계요리대회에는 단체와 개인으로 참가할 수 있었다. 단체는 기준을 정해 출전팀을 선발했는데, 팀장을 포함해 팀당 총 6명으로 구성되었고 서울의 특급호텔에만 자격이 주어졌다. 내가 있던 곳은 호텔이 아니어서 난 단체전 선수가 되지는 못했다. 대신 한국 대표팀을 돕는 역할을 하면서 개인전 선수 자격을 얻어 내가 만든 요리를 출품할 수 있게 되었다. 우리나라에서는 개인전으로만 출전한 사람은 나 혼자였고 단체팀으로 출전한 선수가 개인전으로도 출전할 수 있었다.

회사에서는 레스토랑 한쪽 주방에서 대회 연습을 할 수 있게 신경 써주었다. 하지만 이런 대회는 처음이어서인지, 무엇부터 시작해야 할지 감이 잡히지 않았다. 손님이 많아 바쁠 때는 동료들 눈치가 보이기도 했다. 주변 동료 중에서도 대회 경험이 있는 사람이 없어 딱히 조언을 구할 곳도 없었다.

일주일에 한 번씩 호텔에서 대표팀과 갖는 미팅이 그나마 도움 되었다. 기존의 것과는 다른, 개성 있는 요리를 만들어야겠다는 생각이 들었

프랑크푸르트 세계요리대회
한국대표로 선발된 요리사들과
함께.

다. 새 요리를 구상해서 그림으로 그려 그대로 구현해보기도 했고, 온갖 재료를 결합해 새로운 시도를 해보기도 했다. 생각나는 재료, 새로운 재료가 있으면 꼭 요리를 만들어봐야 성이 찼다. 농어와 연어, 소고기 안심과 감자 말이 등 여러 가지 요리를 만들었다. 구워도 보고, 튀겨도 보고, 쪄보기도 하면서 시간과 방법을 달리해 연습에 몰두했다. 머릿속에는 메뉴만이 꽉 찬 상태였다.

하지만 생각과 만들어본 결과는 다를 때가 많았다. 색깔이 예상과는 다르게 변하거나 모양이 흐트러질 때면 나에 대한 실망과 자괴감이 들 때도 많았다. 생각처럼 되지 않아 더욱 힘들었다. 시간이 흐를수록 하루도 쉴 수가 없었다. 어떻게 색다른 요리를 만들 수 있을까, 고민하고 또 고민했다. 아이디어가 좀처럼 나오지 않는 데다가, 내가 쓰는 재료들의 비용도 부담이 되었다. 선후배와 동료들의 눈초리가 느껴지는 것 같았다. 잠도 오지 않고, 내가 만든 요리들이 만족스럽지도 않았다. 상사의 도움으로 개인 종목의 요리를 열세 가지로 추려서 연습에 연습을 거듭했다.

그렇게 5개월이라는 시간이 흘렀다. 대회 2주를 앞두고 조선호텔에서 발대식을 했다. 대회가 보름도 남지 않았다는 부담감이 다시 나를 짓누르기 시작했다. 그동안 연습한 것들을 다시 한번 하나하나 만들어보며 가지고 갈 재료와 기구들을 준비했다.

삶은 재료는 상할 위험이 있어 젤라틴으로 굳혔다. 냉장고에 넣어두고 변하지 않는지 관찰하기도 했다. 말린 재료는 형태가 부스러지지 않는 방법을 연구했다. 최대한 가벼운 커버를 이용했다. 독일에 가면 어떤 상황이라도 해결할 수 있도록 머릿속으로 시뮬레이션을 돌렸다. 문제는 짐의 부피와 무게였다. 출국하는 당일, 짐을 덜어내면서도 혹시나 필요한 것이 빠질까 봐 노심초사했다.

40여 개국 요리사들이 참여한 세계요리올림픽

공항에서 수화물 때문에 어려움을 겪기는 했지만 다행히 비행기를 제때 탈 수 있었다. 피곤했지만 잠은 오지 않았다. 그러다 잠깐 졸았던 것 같다. 눈을 떠보니 대회 이틀 전, 독일 프랑크푸르트 상공이었다.

　세계요리사협회에서 나온 사람이 공항에서 기다리고 있었다. 주최 측에서 마련해준 차를 타고 대회 동안 묵을 호텔에 도착했다. 대표팀에게는 숙소를 제공해주는데 개인전 출전자는 스스로 개인경비를 들여 숙소를 마련해야 했다. 우리 대표팀은 원래 3인 1실을 사용할 예정이었는데, 예정과 달리 그나마도 겨우 2인 1실을 사용해야 했다. 외국에선 남자 둘이 2인 1실에 묵으면 이상하게 생각한다고 한다. 나는 어쩔 수 없이 다른 숙소를 구해야 했다. 대표팀이 묵는 호텔에서 30분 거리에 겨우 지하 방 하나를 구했다.

주최 측의 도움으로 현지의 은행 구내식당 주방에서 연습을 할 수 있었다. 주방은 넓고 쾌적했다. 대표팀은 첫 심사를 거쳐야 하는 찬 요리 준비에 여념이 없었다. 난 대표팀의 도우미 역할을 하며 분주히 보냈다.

대회 날 아침에는 일찍 도착해 대회장을 답사했다. 그렇게 큰 전시장은 처음 보았다. 40여 개국이 참가하는 세계대회인 만큼 전시장을 여러 곳 사용하는 듯했다. 각국에서 온 요리사들이 요리를 전시해두고 있었다. 전시장을 돌아다녔을 뿐인데도 세계 여행을 하는 것 같았다. 요리뿐만 아니라 접시, 장식물까지 나라마다 달랐다. 정말 세계대회에 왔구나, 실감이 나기 시작했다. 나는 대표팀의 보조를 하며 내가 출품하는 요리에 틈틈이 신경을 써야 했다. 대표팀의 찬 요리 경연이 첫째 날, 둘째 날에는 더운 요리 경연이 있었다. 나는 개인 자격으로 셋째 날에 출전할 예정이었다.

대표팀은 대회 규정에 맞게 연구한 요리를 아름답게 만들어 전시했다. 세계 각국에서 온 유명 셰프들로 구성된 심사위원들이 그 음식들을 세 차례에 걸쳐서 까다롭게 심사했다. 우리 한국 대표팀은 찬 요리 부문에서 값진 은메달을 획득했다. 하지만 거기에서 끝이 아니었다. 아직 더운 요리가 남아 있었다. 나도 보조할 시간적 여유가 많지 않았다. 잠잘 시간도 없었다. 내가 출품할 요리를 준비해야 했기 때문이었다.

요리가 다 만들어진 이후 심사위원의 심사를 거쳐야 하는 찬 요리 경연과는 달리, 더운 요리는 대회장에서 직접 만드는 과정을 채점했다. 요리가 완성된 다음에는 관람객들에게 판매해 매출까지 비교했다. 우리나라 대표팀은 열심히 준비한 결과 더운 요리 부문에서 동메달을 획득했다.

개인전에서는 두 가지 요리를 뷔페 접시에 담아 전시하고, 각각 일곱 가지와 네 가지의 코스요리를 전시해야 했다. 나는 재료 자체의 자연스러움을 살려내는 것과 예술적인 모양을 드러낼 수 있는 메뉴들을 최종으로 결정했다. 전채요리는 해물과 허브 소스를 사용해 바다 내음과 자연을 느낄 수 있게 구상했다. 수프는 단호박을 용기로 사용해 안에 단호박 수프를 담아냈다. 자연 친화적 요리의 표현이었다. 생선 요리는 연어를 갈아서 무스를 만들어 태극 문양으로 표현했다. 메인요리는 소 천엽의 껍질을 벗겨내고 흰탕에 버섯과 송아지 목살로 감싸 토마토소스로 목도리를 한 듯이 표현을 했다. 검은색 천엽 껍질을 벗겨내는 데 여러 가지 방법을 동원했지만 잘 벗겨지지 않았다. 삶아보고, 태워도 보고, 여러 아이디어를 생각했다. 결국 푹 삶아 냉동시킨 후에 벗겨보니 의외로 쉽게 벗겨졌다.

열세 가지 요리 중에서도 뷔페 접시에 담아낸 두 가지 요리는 레드와인 소스를 곁들인 닭가슴살과 인삼 뿌리를 두른 소 안심 요리였다. 한국적인 느낌을 표현하기 위해 인삼을 쓰기로 마음을 굳힌 후 6년산, 3년산 인삼을 가늘게 썰어 감아보기도 하고 편으로 썰어 붙여보기도 했지만 마음

에 들지 않았다

보름 넘게 인삼을 가지고 씨름하다가 어느 날 사용하고 남은 인삼 잔뿌리들을 보고 아무 생각 없이 얼기설기 안심에 감싸보았다. 그때 '아, 이것이다.' 하는 생각이 들었다. 잔뿌리 대신 미삼을 활용하면 될 것 같았다. 미삼으로 일정하게도 감아보고 여러 가지 방법으로 해봤지만 굵기가 약간 차이 있는 미삼을 자연스럽게 놓고 감싸는 게 가장 멋지게 보였다. 구운 소 안심의 빛깔이 미삼을 돋보이게 해주었다.

연습할수록 만족감과 자신감이 생겼다. 수없이 연습한 연출요리는 대회장에서도 단연 스포트라이트를 받았다. 그때의 요리 사진을 보고 있노라면 지금도 그때의 노고가 생각난다.

요리를 구상해서 실제로 만들어보면 생선은 굽거나 쪘을 때 형태가 변형되고, 채소의 경우 열을 가하면 본래의 싱싱한 푸른색을 잃고 변색된다. 따라서 심사위원들은 요리 과정에서 열을 가했음에도 형태의 변형 없이 요리되었는지, 채소의 색깔이 인위적이지 않은지 세심하고도 철저하게 심사를 했다. 예술적인 표현도 중요하지만, 재료를 결합하는 데 있어서 영양적 요소가 고려되었는지, 코스 하나하나 정량으로 계량되었는지 등도 심사에 반영되었다. 그밖에도 심사 기준이 셀 수 없이 까다로웠다.

세계요리대회에서 금메달을 획득한 첫 선수

독일 프랑크푸르트 세계요리올림픽은 세계요리대회 중 가장 명성이 있는 대규모 국제대회다. 우리나라는 6명(롯데, 하얏트, 스위스그랜드, 르네상스, 힐튼, 조선호텔에서 각 1명씩)으로 구성된 단체 팀과 개인전 출전자인 나(대생기업 63시티)까지 총 일곱 명이 참가했다. 그때는 우리나라에 외식문화가 활성화되어 있지 않았고 대중적인 관심도 적어 국가적인 차원에서 대회 출전은 생각하지 못했다. 큰 규모의 호텔들이 그나마 외식문화를 선도하고 있어서 호텔 연합 차원에서 국제대회에 참가하게 된 것이다.

대표팀이 메달을 따고 나니 왠지 모를 초조함과 부담감이 생겼다. 나는 개인전에 출전하는 날 새벽부터 일어나 열심히 준비하고 대회장으로 가기 위해 차에 작품을 실었다. 내가 만든 요리에서 광채가 나는 것 같았다. 대회장에 도착해 내 출품작을 진열했다. 심사를 기다리며 다른 작품들을 둘러보았다. 내 요리여서 그런지는 모르겠지만 내 작품이 가장 돋보이는 것 같고 제일 내 마음에 들었다.

출품된 요리는 심사위원단이 시간을 두고 세 번 돌아본다고 했다. 첫 번째 심사위원들의 심사가 끝나가는 사이, 나는 의자에 앉아 그사이를 못 참고 잠깐 졸았다. 내가 꾸벅거리며 조는 모습을 카메라에 담는 사람도 있었다. 일주일 가까이 잠을 거의 못 잔 상태였다. 눈을 뜨고 있었던 것 같은

프랑크푸르트 요리대회 금메달.

데 고개가 젖혀졌다. 내 정신이 아닌 것 같았다.

얼마 지나지 않아 두 번째 심사위원들이 심사를 시작했다. 우리 일행 중 한 분이 나더러 이번 심사가 끝나면 숙소에 가서 잠깐 쉬었다 오라고 말했다. 나는 잠깐 샤워만 하고 오겠다고 하고 숙소로 갔다. 30분 거리였는데도 세 시간이나 걸리는 것 같았다. 몸이 무거웠다. 샤워를 하고 잠깐 눈을 붙여야겠단 생각으로 누웠다. 시간이 얼마나 지났을까, 생각하다 눈을 번쩍 떴다. 놀라서 깨어보니 이미 다섯 시간이나 지나 있었다.

부랴부랴 대회장으로 달려갔다. 시상식은 거의 끝나가고 있었다. 장려상에 해당하는 참가 상을 주고 있었다. 참가상을 받은 유럽인 선수가 감격에 겨워 큰 눈에 눈물이 그렁그렁 맺혀 있었다. 그 모습을 보니 나도 모르게 울컥했다.

혹여나 내 이름이 불리지는 않을까 귀를 세우고 있었지만 내 이름은 들리지 않았다. 그렇게 시상식이 끝났다. 텅 빈 것 같았다. 내 작품 앞에는 아무도 없었다. 허전함과 허탈함이 한꺼번에 밀려왔다. 괜히 시상대 위에 올라가 한 바퀴를 돌아봤다. "나는 참가상도 안 주는 건가?" 혼자서 중얼거리며 멍하니 앉아 있었다. 그래도 이렇게 큰 세계대회에 참가한 것 자체가 좋은 경험이고, 많은 것을 배우는 기회였다고 생각하기로 했다.

조용히 앉아 있다 보니 잠깐 졸았나 보다. 얼마나 지났을까, 독일 호텔에서 일하며 대회 때 자원봉사자로 참여했던 한국인 셰프와 호주인 관계자가 와서 시상식을 잘했는지 물었다. 나는 숙소에 갔다가 깜박 잠이 들어 시상식을 제대로 못 봤다고 말했다. 그랬더니 둘은 본부로 가봐야겠다며 달려갔다. 잠시 후 다시 돌아온 그들의 손에는 금메달이 있었다. 그들

세계요리대회 개인전 참가자로 우리나라 사상 첫 금메달 수상자가 되었다.

은 내 목에 금메달을 걸어주고 상장과 감사장을 건네주었다. 어안이 벙벙해서 아무 말도 하지 못하는 나보다 그들이 더 기뻐하고 흥분했다.

도저히 이 상황이 실감이 나지 않았다. 대표팀을 도우며 개인전 출전 작품을 준비하느라 모든 힘을 쏟아서인지 온몸의 힘이 풀렸다. 졸다가 깬 나를 향해 카메라 플래시가 수도 없이 터졌다. 플래시 세례에도 기뻐해야 할지, 무슨 말을 해야 할지 아무 생각도 들지 않았다. 생각하지도 못했던 금메달을 거머쥐었음에도 나는 그저 졸음만 쏟아질 뿐이었다.

프랑크푸르트 세계요리대회는 워낙 대규모 대회이다 보니 시상식만도 몇 시간 걸렸는데 내 이름을 수없이 불러도 대답이 없어서 주최 측에서 한참을 찾아다녔다고 한다. 내가 놀라서 뛰어갔을 때는 시상식이 다 끝나고 사람들이 다 흩어진 뒤여서 금메달과 상장을 축하객이 없이 그 자리에서 받아야 했다. 그날의 기쁨과 벅찬 감격은 오래오래 지속되었고 지금까지

세계요리대회를 마치고 김포공항에 도착하니 환영 인파가 나를 맞았다.

내 인생 최고의 여정이 되었다.

환영 인파, 축하 파티, 쏟아지는 인터뷰

대회는 성공적으로 끝났다. 우리나라를 비롯해 40여 개국에서 약 2천여 명의 선수가 참가했다. 출품작품도 많아 심사와 전시, 시상식까지 약 일주일의 시간이 흘렀다. 우리나라 팀도 은상을 타는 쾌거를 이루었다. 나는 세계요리대회 개인전에서 금메달을 딴 대한민국의 첫 선수가 되었다.

대회 마지막 날이어서 시상식 이후에 축하 파티가 열렸다. 프랑크푸르트 주재 영사가 참석한다고 했다. 현지에 있는 한식당에 들어섰더니 한식이 푸짐하게 한 상 차려져 있었다. 영사 부부와 함께 화기애애한 분위기 속에서 파티가 진행되었다. 프랑크푸르트에서 열린 세계요리대회에 대한민국 선수단이 출전해 좋은 성과를 거둔 것이 무척 기쁘다고 했다. 독일 현지의 신문과 방송에도 많이 보도된 모양이었다. 앞으로 요리사의 미래는 밝고, 자신감을 가지고 노력하면 더 좋은 성과가 있을 거라며 우리를 다독여주었다. 격려를 받으니 더욱 힘이 났다.

우리 일행은 유럽에 간 김에 프랑스 요리학교 견학을 갔다. 르 코르동 블루를 둘러보고 루브르 박물관에도 갔다. 전문적인 요리학교를 돌아보니 부러움과 함께 우리나라에도 요리학교가 꼭 있었으면 좋겠다는 생각이 들었다. 프랑스에서 기념품으로 칼을 사서 지금까지 아주 잘 사용하고 있다. 홀가분한 기분으로 프랑스 관광을 하고 다시 독일로 돌아왔다. 귀국하는 비행기에 오르니 힘들었던 시간들이 떠올라 눈시울이 젖었다. 어린 시절부터 살아온 날들이 주마등처럼 스쳐 지나갔다. 좋았던 기억보다 상처받고 힘들었던 기억들이 떠올라 비행하는 동안 한참을 소리 없이 울었다.

비행기에서 내려 입국장 게이트를 나오니 생각지도 못했던 환영 인파가 나를 기다리고 있었다. 회사에서 부서별로 상사들이 마중을 나왔다. 독일에 가기 전까지는 고작 말단 도우미에 불과했는데 돌아와 이런 큰 환대를 받다니, 어리둥절했다. 나중에 공항에서 꽃다발을 받는 장면이 찍힌 사진을 보니 얼굴은 광대뼈가 유난히 튀어나와 보이고 피곤에 절어 눈은 초점도 없이 반쯤 감겨 있는 게 영 꼴이 말이 아니었다.

4장

요리 대가 구본길

요리와 예능을 결합한 최초의 TV 프로

귀국하고 바로 다음 날 회사에 출근했다. 회사에서 대회 출품작인 열세 가지 요리를 만들어 SBS의 아침 방송 '출발 서울의 아침'에 출연하라는 요청이 들어왔다. 직원들이 퇴근한 후 후배 한 명을 데리고 밤새 요리를 만들어 아침 생방송에 나갔다. 처음 나가는 방송이어서 긴장되고 온몸이 굳는 것 같았다. 청심환을 두 알이나 씹어 먹었는데도 소용이 없었다. 그날 어떻게 방송을 마쳤는지도 모르겠다. 방송에 이어 이번에는 신문사에서 인터뷰 요청이 왔다. 그 후에도 이곳저곳 인터뷰를 하러 다니느라 정신이 없었다.

회사에서는 금메달 환영식 준비로 분주했다. 열세 가지의 출품작을 다시 만들고 팔백 명 가까운 직원들 앞에서 들려줄 소감 원고를 준비했다. 어떤 이야기를 할지 고민하느라 이틀 밤을 새웠고, 쓰고 읽고 다시 고치며

세계요리대회 후 63빌딩 환영 행사를 마치고(왼쪽). 세계요리대회 금메달 수상 후 제작된 63 조리부 홍보 엽서(오른쪽).

세계요리대회 금메달 수상 후 방송 출연 섭외가 쏟아졌다.
처음으로 출연한 SBS '출발 서울의 아침'.

연습했다. 연회장 단상에서 리허설을 했는데, 어디에서 고개를 들어야 할지, 말은 어떻게 할지 등 이사님이 내 발표를 꼼꼼하게 점검했다. 대회 출전도 힘들었지만, 그 이후에 뒤따르는 것들도 나를 힘들게 했다. 세상에 쉬운 것은 하나도 없구나 하는 생각이 들기도 했으나, 그래도 부족한 나를 성대하게 맞아준 것에 대해 너무나도 고맙게 생각되었다.

1급 요리사였던 나는 부주방장으로 특별 승진을 했다. 포상금으로 오백만 원을 받기도 했다. 부담스러웠지만 회사를 위해 최선을 다하겠다는 각오를 다졌다. 포상금은 함부로 쓰고 싶지 않았다. 회사 사람들과 영광을 나누고 싶어 요리부장님께 맡겨두고 축하할 일이 생길 때마다 회식비용으로 사용했다.

어느 날 MBC TV에서 PD와 작가가 회사로 찾아왔다. 호텔 주방장과 연예인을 함께 출연시켜 요리 대결을 하는 프로그램을 기획 중이라며 도와달라고 했다. 1990년대 인기 프로였던 MBC '일요일 일요일 밤에'에 '요리 천하'라는 코너가 만들어진 것이다. 방송 사상 요리와 예능을 결합한 첫 시도였다. 당시 인기 코미디언 임하룡 씨가 전문요리사와 요리 대결을 하는 구도였고 인기가수였던 소방차 멤버 정원관 씨가 사회를 맡아 진행했다.

일요일 저녁 시간대에 방송하는 '일요일 일요일 밤에'(일명 '일밤')는 인기가 대단했다. 이런 프로그램을 통해 요리가 좀 더 대중에게 가까이 가면 좋겠다 싶어 한식, 중식 주방장을 소개해가며 적극적으로 협조하기로 했다. 처음엔 출연자 섭외만 도와주려고 했으나 직접 참여해야 한다는 담당 PD의 설득에 양식 주방장으로 참여하게 되었다.

예능 스튜디오에서 요리를 시연하는 것이어서 주방기기 등 모든 준비에 만전을 기해야 했다. 특히 중식 화덕의 센 불이 걱정이었다. 촬영장 안에는 수많은 조명과 전선들이 있었는데 센 불을 사용하다가 잘못해서 불똥이라도 튀면 생각만 해도 아찔한 일이었다. 그래서 일요일 밤 요리 천하

일요일 일요일 밤에 '요리 천하'는 방송 사상 요리와 예능을 결합한 첫 시도였다.(왼쪽).
일요일 일요일 밤에 '요리 천하' 출연자들과 함께.(오른쪽).

촬영하는 날에는 소방차 한 대를 대기시켜놓기로 했다.

촬영은 별 무리 없이 잘 진행되었고 방송이 나간 후 반응은 매우 좋았다. 전문 분야별 주방장의 화려한 요리와 연예인의 코믹한 요리도 함께 볼수 있는 이 프로그램은 충분한 눈요기와 재밋거리를 제공해준 것으로 평가받았다. 이렇게 4개월 가까이 방송하다가 정기 개편 때 성공리에 막을내렸다.

특별 승진 후 회원제 고급 프렌치 레스토랑으로 발령

대회가 끝나고 세 달도 지나지 않았을 때였다. 분수가 있던 뷔페에서 55층에 위치한 레스토랑으로 발령을 받았다. 대회에 출전하기 위해 연습을 하던 곳이었다. 55층은 회원들만 올 수 있는 고급 프렌치 레스토랑이었다. 63 분수프라자 뷔페에서의 9년이라는 시간이 아쉬웠지만, 한편으로는 새로운 시작에 심장이 뛰기도 했다.

고급 레스토랑인 만큼 잔뜩 긴장을 하고 최선을 다하겠다는 마음으로 근무를 시작했다. 정·재계 등 고위 인사들이 자주 오는 곳이라 많은 부분에 신경을 써야 했다. 많은 손님을 위해 요리를 한꺼번에 하던 뷔페 레스토랑과는 요리 자체가 달랐다. 이곳에서는 손님이 주문한 메뉴를 온갖 정성을 다해 내야 했다. 양이 뷔페와는 비교가 안 될 정도로 적어서 소꿉장난하는 것같이 느껴지기도 했다. 그동안 다른 곳에서 연수를 받고 대회 준비 경험도 있던 터라 어렵지는 않았다.

내가 어려움을 겪었던 부분은 인간관계였다. 정기 승진이 아닌 특별 승진, 정기 발령이 아닌 특별 발령을 받은 나를 바라보는 주변의 시선은 곱지 않았다. 기존에 근무하던 직원들과 갈등이 생겼다. 새로운 일에 도전적으로 임하는 내 성향이 그들과 맞지 않았던 모양이다. 일 년 가까이 힘든 시간을 보낸 후 나는 다시 연회장 주방으로 지원을 했다.

다행히 연회장 메인 주방으로 발령을 받아 일을 시작했다. 그래도 갈등이 모두 해소된 것은 아니었다. 회사라는 조직이 나와는 맞지 않는 것 같았다. 금메달을 따고 온 이후 더욱 실감했다. 방송국, 잡지사의 인터뷰 요청이 업무에 지장을 준다고 노골적으로 싫은 티를 내는 사람들도 있었다. 회사에서는 홍보 효과가 되어 좋아했지만, 동료 몇몇은 나를 못마땅하게 여겼다.

시간이 약이 되지는 않았다. 점점 힘들어졌다. 그만두어야겠다는 생각이 들 때쯤 독일에 가야겠다고 결심했다. 요리사로서의 더 큰 그림을 위해 외국에서 일을 해볼 생각이었다. 서양의 외식문화에 대해 더 많이 배우고 싶어져서 독일에 다녀온 뒤 사직서를 낼 생각이었다. 대회 때 나를 도와 자원봉사를 해주었던 한상호 셰프에게 전화해 도움을 받기로 했다.

회사에는 한 달 동안 쉬다 오겠다며 휴가신청서를 제출했다. 하지만 한 달은 너무 길다 하며 보름간의 휴가 허가를 내주었다. 전무님과 사장님은 출국 전날 나를 불러 휴가비를 주었다. 회사를 그만두려고 가는 휴가여서 난감했지만 받을 수밖에 없었다.

뮌헨으로 떠난 보름간의 휴가

간단한 짐을 꾸려 프랑크푸르트로 출발했다. 도착 후 미리 약속한 한상호 셰프에게 연락했는데, 아무리 전화를 걸어도 연결이 되지 않았다. 뮌헨의 호텔까지 갈 길이 먼데 당황스러웠다. 한국에서는 통화가 됐는데 공항에서 전화를 거니 계속 잘못된 전화번호라는 안내가 나왔다.

우선 기차역으로 이동했다. 이미 해가 기울어 주변이 어두워진 다음이었다. 다시 공중전화로 전화를 걸어보았지만 여전히 잘못된 전화번호라는 말만 흘러나왔다. 시간이 갈수록 불안감에 식은땀이 흘렀다. 뮌헨으로 가는 열차도 끊겨서 아침까지 기다려야 했다. 어쩔 수 없이 공항 근처에서 잠잘 곳을 알아봐야 했다. 역사를 빠져나오니 주변 광장에 노숙자와 술에 취해 널브러진 사람들이 많았다. 행여나 낯선 타국에서 해를 입을까 무서워 역사에 도로 들어갔다가 나오기를 되풀이했다. 다행히 역사 안에는 여행객들로 붐볐다.

한참을 망설이다가 내 키만큼 큰 배낭을 베개 삼아 베고 누워 있는 여행객에게 주변의 숙소를 물어보았다. 그 여행객은 호텔 가이드를 보여주며 1박에 50마르크짜리 텐트 숙소에서부터 300마르크짜리 호텔들까지 친절하게 알려주었다. 지금으로 환율로 환산해보면 19만 원이 넘는 큰 금액이었다. 샤워 시설이 없어서 조금 망설여졌지만 그중 제일 좋아 보이는 300마르크짜리 호텔로 향했다. 드디어 안심이 되었다.

호텔 방에는 침대와 세면대만 있었다. 나는 먼저 짐을 뒤져 독일어 단어장을 꺼냈다. 안내 데스크로 내려가 내가 걸었던 번호를 직원에게 보여주었다. 직원은 지역번호가 문제라고 했다. 호텔의 전화로 걸었더니 연결이 되었다. 전화를 받은 한 셰프는 소리를 질렀다. 온다고 한 시간이 넘었는데 연락이 없어 애타게 기다리고 있었다고 했다. 반가운 마음에 눈물이

핑 돌았다. 한국에도 몇 번이나 전화를 했는데, 이제 괜찮은 것을 확인했으니 푹 자고 내일 아침 열차를 타고 오라고 말했다.

다음 날 무사히 뮌헨에 도착했다. 한 셰프가 근무하는 켐핀스키 호텔은 역에서 멀지 않았다. 그가 퇴근하기를 기다렸다가 함께 그의 집으로 향했다. 짐을 풀고 나니 긴장도 함께 풀리는 것 같았다. 한 셰프는 나의 일정에 맞춰 이틀가량 휴가를 냈다고는 했지만 첫날 하루 종일 죽은 듯이 잠을 자더니 저녁이 다 되어서야 일어났다. '어디서나 주방에서 하는 일은 한없이 힘들구나.' 하는 안쓰러운 마음이 들었다. 그렇게 그냥 하루가 지나고 다음 날, 그가 부침개가 먹고 싶다고 해 가까운 식료품점에 갔지만 양념에 절인 홍합밖에 살 것이 없었다. 홍합을 물에 담가 양념을 빼고 채소와 밀가루를 섞어 부침개를 만들어주었더니 조금이나마 고향의 맛을 느끼는 것 같았다. 그렇게 한 셰프의 휴가 이틀이 지나갔다.

나는 다음 날부터 보름 정도를 켐핀스키 호텔 주방에서 보수 없이 실습 근무를 했다. 한 셰프가 미리 이야기해둔 덕분에 그를 도우며 호텔의 일을 돌아보고 배울 수 있었다. 주방 기기와 인력 시스템은 우리나라와는 많이 달랐다. 우리나라에서는 보기 힘든 감자 껍질 벗기는 기계도 있었는데 참으로 신기했다. 컴퓨터로 다루는 주방기구들도 있었다. 나를 한 손으로 번쩍 들 것 같은 건장한 여성 요리사들도 많았고, 다양한 재료를 사용해 소시지를 만드는 것도 새로웠다. 수요일에는 다 같이 주방 청소를 했는

독일 뮌헨호텔 연수 시절
동료들과 함께.

데 청소가 끝나면 함께 맥주를 마시고 퇴근하고, 남은 사람들은 알아서 일
하는 것도 신세계였다. 뮌헨에서는 매년 10월이면 세계최대의 맥주 축
제 옥토버페스트가 열리는데, 켐핀스키 호텔 역시 맥주라면 빼놓을 수
없었다.

　독일에서의 새롭고 신기한 경험을 이야기하다 보니 신라호텔 연수 중
의 일화가 떠오른다. 1995년에 프랑스의 유명 셰프 알랭 샹트랑이 직원
셋을 데리고 와 신라호텔 프렌치 레스토랑에서 일한 적이 있다. 나는 프로
모션 메뉴에 대해 연수받기 위해 신라호텔로 출근을 했다. 새로운 메뉴에
대한 기대감으로 셰프가 만드는 요리 하나하나에 온 신경을 쏟아 교육을
받았다. 셰프는 교육을 진행하며 이렇게 말했다. "요리사가 힘들게 만든
만큼 손님은 즐거워하고 행복해한다." 아직도 그 말이 생생하게 기억난다.

　한번은 단체 손님이 저녁 식사를 하러 왔다. 메인요리가 나가고 있을 때 홀 직원이 손님 한 분이 나갔다고 말했다. 메인요리가 한 접시 남아 요리사들이 시식을 했다. 그리고 얼마 지나지 않아 홀 직원이 급히 뛰어 들어왔다. 손님이 간 게 아니라 통화하다가 화장실에 들렀다가 돌아왔다는 것이다. 긴장한 수석 요리사가 급히 냉동실에 있던 고기를 꺼내 와 녹이고 서둘러 요리를 만들었는데, 알랭 샹트랑은 테이블에 머리를 박으며 "이럴 수는 없다."고 비명에 가까운 소리를 질렀다. 그의 요리 철학에 따르면 그것은 요리가 아니라는 것이다. 시간과 온도를 정확히 지켜서 만들어야 맛이 제대로 전달된다고 했다. 그런 주방장의 모습을 보며 많은 것을 깨달았다. 그때 언젠가는 프랑스로 가서 요리를 배우고 싶다는 생각을 했다.

신규 설립된 사내 서비스 교육센터의 기틀을 잡다

독일에서 좋은 경험을 했지만, 한국으로 돌아오는 비행기에서는 내내 마음이 편치 않았다. 다시 출근한 회사는 무겁고 어수선한 분위기였다. 내가 출국하고 얼마 안 돼 납품 관련 문제가 터졌다. 내가 귀국할 때쯤에는 거의 마무리되어가는 단계였지만, 그래도 아직 분위기는 좋지 않았다.

회사에서는 신규 부서 설립과 더불어 대대적인 부서 개편이 이루어졌다. 우선 신라호텔 교육센터에서 파견 교육을 받던 것을 회사에서 직접 할 수 있게 서비스 교육센터를 만들었다. 나는 그곳에 첫 번째로 발령을 받았다. 금메달을 따고 온 뒤 내가 겪었던 심적 부담과 고통을 회사에서 알고 교육센터에서 인재 양성을 하라고 맡긴 것이다. 하지만 주방에서 칼과 프라이팬을 잡던 요리사가 하루아침에 누군가를 가르치는 사람이 된다는 것은 쉽지 않았다. 회사도 뜻이 있겠거니 생각하고 받아들이려 했다.

책상에는 컴퓨터가 놓여 있었다. 몸을 쓰는 일만 하던 내게 전용 책상과 컴퓨터가 생기니 감회가 새로웠다. 출근하고 약 사흘 동안은 긴장을 해서인지 몸 상태가 좋지 않았다. 어떤 것부터 시작해야 할지 감이 잡히지 않았다. 처음 만들어진 부서여서 회사에서도 이렇다 할 가이드를 주지 못했다. 인원은 나를 포함해 여섯 명 남짓한 직원이 전부였다. 우리가 스스로 연구해서 영업장과 주방 직원들에게 서비스 교육을 해야 했다.

나는 컴퓨터부터 배우기로 했다. 부하 직원이 키보드 치는 법부터 알려주었다. 아침에 한 시간 반 일찍 출근해 연습했고, 출근하는 버스에서도 무릎에 대고 손가락으로 키보드 치는 연습을 했다. 엑셀 등 컴퓨터 프로그램 다루는 법도 배워서 주방 서비스 매뉴얼을 만들기 시작했다. 교육 프로그램을 만드는 것은 쉬운 일이 아니었다. 다른 곳에서는 어떻게 진행하는지 보기 위해 연수를 다녔다. 신라호텔뿐 아니라 다른 곳의 교육 프로그램에도 참여했다.

서비스 교육은 나도 처음 받아보았다. 처음에는 어색했지만 익숙해질 때까지 반복했다. 전화 응대도 처음에는 어려웠지만 나중에는 저절로 말이 나올 정도였다. 나부터 서비스하는 자세를 익혀야 사람들에게도 알려 줄 수 있을 것 같았다. 강의에서는 이론부터 시작해 실전까지 다루었다. 서비스 태도 하나하나를 카메라로 촬영해서 분석하고 교정이 필요한 부분을 교육에 반영했다.

회사에서 부여받은 업무도 업무지만 나에게는 학업에 대한 열망이 있었다. 미래를 위해서도 학력이 있어야 할 것 같았다. 그런 생각은 교육센터 발령을 받은 후 더 커졌다. 사무실 직원들의 화려한 학벌에 왠지 모르게 기가 죽었다. 그렇게 주경야독을 시작했다. 오산전문대 식품조리과에서 서울 장충동에 산업체 특별반을 개설한다고 해서 지원했다. 일주일에 사흘은 저녁에 수업을 듣고, 오산에 있는 본교 수업은 한 달에 두 번만 가면 되는 과정이었다. 타이밍이 좋았다. 퇴근 시간이 들쑥날쑥한 영업장에서는 엄두도 못 냈겠지만, 교육센터는 퇴근 시간이 정해져 있었다. 한 달에 두 번 오산에 가는 것은 눈치가 조금 보였지만 연차를 활용했다.

그렇게 2년이 흘러 졸업장을 손에 쥐었다. 스스로 대견했다. 낡고 기름때가 반질반질한 구멍 난 옷을 입고 공장에 다니던 나의 소년 시절이 떠올라 울컥했다.

이론 틀 안에서 많은 것을 배우고 연습했지만, 신입사원들에게 실전 첫 강의를 하는 날짜가 다가오자 걱정으로 잠이 오지 않았다. 교안을 만들어 계룡산으로 갔다. 힘들고 스트레스가 쌓일 때마다 찾아갔던 곳이다. 교안을 들고 실제 강의를 하듯 목소리 높여 강의 연습을 했다. 내 목소리가 울려서 메아리처럼 들렸다. 내 귀에 들어오는 목소리를 들으니 온몸에 소름이 돋았다. 그래도 계룡산의 정기를 받으며 연습을 했으니 잘할 수 있겠다는 생각이 들었다. 그렇게 마인드 컨트롤을 하며 첫 강의를 하러 강의실에 들어갔다.

강의실 안에는 신입생들이 나를 기다리고 있었다. 박수를 받으며 강단 중앙에 섰다. 서른 명이 넘는 사람들의 시선이 내게로 집중되니 더욱 긴장되었다. 수업 전까지 열심히 만들었던 교안은 생각도 나지 않았다. 등에 땀이 줄줄 흘렸다. 나는 배를 탔던 시절의 이야기부터 꺼냈다.

수강생들은 아무 반응이 없이 조용했다. 내 얘기가 잘못되었나 싶어 한마디 덧붙였다. "내가 강의는 처음 해봐서 서투르니까 이해를 해줘요." 조용히 있던 수강생들은 박수를 치면서 너무 재미있다고 계속 얘기를 해달라고 했다. 그때 깨달았다. 강의는 일방적이고 형식적으로 가르치는 것이 아니라 수강생과 소통해야 한다는 사실을. 요즘도 강의의 틀이 되는 교안을 만들기는 하지만 강의 시간이 되면 수강생들과 교감하며 나의 이야기, 그들에게 도움이 될 만한 이야기들을 해준다. 지금은 강의한 지 수십 년이 지났지만, 처음 강의를 한 그때 당황한 것을 생각하면 아지도 진땀이 나는 것 같다.

매출 곤두박질치던 IMF 시절 떠맡게 된 주력 영업장

교육센터에서 근무한 2년 6개월 동안 한식, 양식, 일식, 중식 메뉴와 식재료 등 500여 쪽에 달하는 매뉴얼을 만들었다. 신입생과 기존 직원에 대한 교육은 물론, 독일에서 인연이 있던 한 셰프 초청 강연 등 다양한 행사를 열기도 했다. 성과도 많이 남겼다. 나 역시 교육센터에 근무하면서 놀랄 만큼 성장했다. 교육센터에서 일하며 전문학사도 땄고, 수강생들을 가르치며 오히려 많은 부분을 배웠다.

어느 정도 교육에 대한 틀이 잡혀서 편히 의자에 등을 붙이려고 하는데, 회사에서 갑작스럽게 다른 곳으로 발령을 냈다. 스카이라운지 영업장 책임 과장 자리였다. 승진 시기도 아닌데 특진 발령을 받은 것이다. 당시는 1997년, IMF 외환위기가 시작되던 시기였다. 우리 회사뿐만 아니라 전국적으로 매출이 곤두박질칠 때였다. 회사에서는 위기탈출을 위한 방편으로 고심을 하다가 내가 방송도 많이 하고 나름 열심히 하니까 영업에 도

IMF 시절, 63빌딩 스카이라운지 책임자를 맡아 레스토랑의 변신에 힘썼다. 사진은 요리 신상 발표회(왼쪽). 63빌딩 요리개발 연구팀(오른쪽).

움이 되지 않을까 해서 주력 영업장으로 발령을 낸 것 같았다.

발령을 받고 올라간 스카이라운지 영업장의 매출은 눈에 띄게 곤두박질치고 있었다. 60층에 있는 스카이라운지 영업장은 피자, 스파게티 등을 판매하는 북쪽 레스토랑과 스테이크, 와인 등을 판매하는 남쪽의 고급 레스토랑으로 나뉘어 운영되었다. 극심한 경제 불황에서는 매출을 올리겠다는 생각은커녕, 내려가는 매출을 멈추게 하는 것이 급선무였다. 어떻게 하면 매출을 유지할 수 있을지 생각했다. 책임자 직책을 맡은 것은 내 인생 처음이기도 할 뿐더러 하필이면 IMF 시기여서 더욱 부담스러웠다.

재료비의 원가가 상승하면서 기존 메뉴는 적자를 낼 수밖에 없는 상황이었다. 재료비와 인건비 면에서 원가 상승이 불가피해 보였다. 경영진에서 나에게 기대를 걸고 발령을 낸 만큼 그 기대에 부응해야 했다. 부담감으로 잠조차 잘 수 없는데, 묘안이 떠오르지 않아 답답했다. 전국적인 불황이었지만, 그래도 레스토랑을 찾는 사람이 아예 없는 것은 아니었다. 불황에도 찾고 싶은 레스토랑으로 탈바꿈해야겠다는 생각이 들었다. 우선 대중적인 피자부터 손을 보기 시작했다. 메뉴를 새롭게 바꾸고 가격은 내리지 않으면서 퀄리티를 높이는 데 초점을 맞추었다.

레스토랑이 변하고 있다는 것을 알리기 위해 직원들과 띠를 두르고 여의도 증권가를 돌며 홍보했다. 63빌딩 로비에서 전단지를 나눠주기도 했다. 주방 직원들은 왜 영업에 자기들이 동원되어야 하느냐고 불만을 토로

했다. 나는 이 위기 속에서 살아남기 위해서는 너나없이 발 벗고 나서야 한다고 강조하며 설득해야 했다. 우리의 노력 덕분일까, 점심시간 피자의 매출이 좋아지기 시작했다. 저녁 시간대는 고급 레스토랑의 매출이 올랐다. 곤두박질쳤던 매출 그래프는 상승곡선을 그리기 시작했다.

그것을 계기로 레스토랑의 전반적인 메뉴 개선을 해야겠다는 생각이 들었다. 홀 매니저와 함께 서울에 있는 경쟁 호텔 레스토랑을 돌며 분석했다. 홀 매니저에게 그 레스토랑과 비교해서 우리 메뉴가 가격 대비 어떠냐고 물어보았다. 우리가 훨씬 싸고 고급스러우면서 좋다는 반응이 돌아왔다.

경쟁 호텔 레스토랑을 돌아보고 난 후 메뉴 교체와 함께 가격을 올려야겠다고 마음먹었다. 상부에 기획안을 올렸다. 담당 본부장이 불황에 가격을 올린다는 게 말이 되냐고 했지만 나는 고집스럽게 내 의견을 펼쳤다. 그 정도의 리스크는 감수해야 이 위기를 극복할 수 있을 것 같았다. 63층의 아름다운 뷰와 방송을 통해 알려진 나의 주방장 이미지를 백분 활용할 생각이었다. IMF 상황에 경제가 어렵다 하더라도 63빌딩 스카이라운지 레스토랑에 와서 식사할 정도면 어느 정도 경제적 여유가 있을 거라고 판단했기에 그런 과감한 결정을 내릴 수 있었다.

내 예상은 맞아떨어졌다. 성과가 눈으로 나타나자 레스토랑 메뉴 가격을 모두 다 올렸다. 비교적 저렴한 메뉴는 가격을 올린 대신 양을 푸짐하

손님들에게 보는 재미를 주기 위해 불꽃을 피우며
요리하는 모습.

게 하면서 정성을 들였다. 비싼 메뉴는 가격을 조금 더 올리면서 고급 재
료를 사용했고 다양한 요리 과정을 보여주며 손님들의 눈을 즐겁게 했다.
내가 직접 손님 앞에서 요리를 하는 메뉴도 있었다. 물론 가격은 비쌌다.
홀 내에서 불꽃을 피우며 만들어주는 특별 안심요리와 특제 푸른 후추 소
스 맛을 많은 손님들이 신기해했다. 그 메뉴를 맛보기 위해 재방문을 하는
손님들도 꽤 있었다.

SBS 드라마 '꿈의 궁전'에서 요리 지도

스카이라운지 근무 중에 SBS 주말 드라마 '꿈의 궁전' 팀에서 회사 홍보실
로 섭외가 들어왔다. '꿈의 궁전'이라는 프렌치 레스토랑을 중심으로 벌어

지는 이야기를 그린 드라마인데, 나의 역할은 주방장을 비롯해 요리사 배역을 맡은 연기자들을 교육시키고 드라마에 나오는 요리를 만드는 것이었다. 방송 전에 요리사 역할을 할 연기자들을 63빌딩 주방에 모아놓고 주방을 견학시키고 역할별로 연습을 시켰다. 야채 다듬기나 프라이팬에 야채 볶기 등을 전문가처럼 연기할 수 있도록 했다.

촬영은 일산 탄현에 있는 드라마 촬영장에서 진행됐는데, 그곳에 레스토랑과 주방 세트장을 만들어 일주일에 한 번씩 촬영했다. 세트장 주방에서 모든 준비를 마친 뒤 연기자들에게 스탠바이를 시키고 촬영이 시작되면 움직이게 했다. 주방일들에 대해서는 일종의 조연출인 셈이었다. 주방장이 프라이팬으로 야채를 볶아야 하는데 연기자가 동작이 원활하지 않으면 내가 똑같은 복장을 하고 대신하기도 했다. 프라이팬을 돌리면서 현란하게 불쇼를 하며 요리를 하면 카메라가 손목과 프라이팬을 클로즈업해서

SBS 드라마 '꿈의 궁전'은 높은 시청률을 유지하며 인기를 끌었다. 출연자들과 가진 팬사인회.

잡아 마치 연기자가 하는 것처럼 화면에 화려하게 나오는 것이다. 촬영하다 보면 밤을 꼬박 새우는 것은 예사였다. 아침 9시쯤 시작된 촬영이 그다음 날 오전 11시에 끝나기도 했다. 일찍 끝나야 새벽 2~3시였다.

촬영 날이면 새벽에 회사에서 촬영에 필요한 기물과 재료들을 챙겨서 세트장으로 갔고, 촬영이 끝나면 다시 회사로 오는 생활을 반복했다. 촬영이 새벽까지 이어지는 날은 집에도 못 가고 바로 일을 해야 했다. 드라마가 방영된 7개월 동안 몸무게가 10킬로그램 이상 빠졌다. 그래도 당시 시청률 2위를 유지하면서 종영해서 내 역할을 다 해냈다는 생각에 보람이 느껴졌고 마음이 뿌듯했다.

드라마 촬영에 7개월 동안 참여하면서 개인적으로 많은 것을 배우고 얻을 수 있었다. 밤샘 촬영에 지치고 피곤한 상황에서도 카메라만 돌아가면 언제 그랬냐는 듯이 미소와 표정 연기가 살아나는 톱 탤런트들의 뛰어난 연기력과 프로정신에 감탄했다.

드라마 중에 나도 세 번 등장했다. 짧은 대사였지만 대사와 표정이 연결되지 않아 엄청나게 힘들었다. 지금도 잊을 수 없는 그 대사는 "네 인생은 누가 만들어주는 게 아니야. 너 스스로 만들어가는 거지."였다. 촬영을 하면서 열 번 정도 다시 하니까 나중에는 혀가 굳어서 발음도 제대로 나오지 않았다. 좀 더 잘할 걸 하는 자괴감으로 자다가 벌떡 일어나져서 그날 밤 잠을 잘 수 없었다. 지금 생각해봐도 부끄러워 숨고만 싶다.

방송가를 누비며 종횡무진하던 푸드테이너 시절

오랫동안 참여했던 TV 프로그램 중에 MBC '찾아라! 맛있는 TV'가 있었다. 전국의 맛집들을 찾아다니면서 요리를 소개하고 맛을 평가하며 주방장으로부터 맛의 비결을 듣는 프로그램이었다. 재료 준비부터 요리하는 과정, 요리가 완성된 모습을 보여주고, 주방장과 이야기를 나누었는데, 가장 좋은 모습을 카메라에 담기 위해 몇 번이고 재촬영을 하다 보면 나중에는 너무 배가 불러 숨쉬기조차 힘들 정도가 되곤 했다. 1년 2개월간 이 프로그램을 진행하면서 얻은 교훈은 잘되는 식당은 다 이유가 있다는 것. 그들은 정직과 성실을 바탕으로 아무리 작은 부분이라도 놓치지 않고 열과 성의를 다했으며 무엇보다 요리에 대한 분명한 철학이 있었다.

EBS로부터 섭외가 와서 '세계테마기행' 아시아의 진주 '대만' 편에 출연하기도 했다. 선원 생활을 할 때 미국 뉴올리언스에서 선적한 옥수수를 대만 타이중 항과 가오슝 항에 하역했던 적이 있었던 터라 많이 낯설지는 않을 거라고 생각했다. 그래서 그 조그만 섬에서 20일 동안이나 촬영할 게 뭐가 있겠느냐고 했더니 PD는 대만을 작은 섬이라고 우습게 보면 안 된다고 했다. 실제로 17일 동안 대만 곳곳을 촬영하면서 차 안에서 새우잠을 자는 일이 허다했고 4~5시간 이상 편히 누워 자본 기억이 없을 정도로 강행군을 했다.

촬영이 끝났다고 다 끝난 것이 아니었다. 4부작을 편집하는 과정에 내 목소리로 내레이션을 넣어야 했는데, 화면에 맞추어 녹음을 하는 작업이 여간 어려운 일이 아니었다. 작가가 써준 내용을 화면을 보면서 현실감 있게 얘기해야 하는데 경상도 사투리도 문제였다. 답답한 녹음실에서 밤늦게 시작해 아침까지 이어지는 긴 작업이라 새벽녘에는 정신이 혼미해지고 졸려서 발음이 제대로 나오지 않았다. 3일에 걸친 긴 작업을 끝내고 나서 다시 한번 '방송이 참으로 어렵구나.' 하는 생각이 들었다.

MBC '아름다운 TV'에서 나의 인생을 다큐멘터리로 보여준 적도 있었다. 원양어선 시절부터 신길동 요리학원에 다니던 시절, 요리사로 첫발을 내디디며 주경야독하던 시절, 프랑크푸르트 세계요리대회에서 금메달을 딴 후 63빌딩에서 활약하던 시절 등 나의 삶 전체를 조명한 프로그램이었다.

그 밖에 KBS 'TV는 사랑을 싣고'에 출연한 것도 특별한 기억으로 남는다. 촬영을 하면서 그동안 연락이 끊겼던 외항선 시절 2등 기관사를 만나기도 했다. 해양대학교 출신인 그는 1년 넘게 나와 선상생활을 하면서 힘들 때 인간적인 위로와 조언을 해주었고 휴가 중 맞선을 주선해주는 등 나의 미래에 대해 물심양면으로 도움을 주려고 애썼다. 그 후 육지 생활에 적응하며 정신없이 보내느라 연락이 끊겼는데 방송에서 이어준 것이다. 어려울 때 함께하던 그 사람을 수십 년 만에 만나니 너무 반가운 마음에 방송에서 울컥한 모습을 보이기까지 했다. 그분은 울산 현대중공업 임원으로 해외 출장이 잦아 한국에 있었던 기간은 많지 않았다고 했다. 나는 아무리 수소문해도 찾을 수 없었는데 방송국 작가들은 어떻게 그분을 찾아냈을까 참으로 신기했다.

또 하나 기억에 남는 프로가 SBS의 '맨투맨'이다. 맨투맨은 신동엽과 남희석이 전문요리사 두 명과 나누어 요리 대결을 벌이는 프로그램이었다. 나는 남희석 씨와 한 팀을 이뤄 요리했는데, 이때 방송에서 희귀한 요리도 많이 개발했다. SBS는 유별나게도 튀는 것을 좋아해 방송에서 살아 있는 철갑상어의 목을 자르고 껍질을 벗기고 내장을 가르며 손질했는데, 꿈틀거리는 상어의 모습과 피 튀기는 광경이 그대로 나가 시청자 게시판이 난리가 났다. SNS가 지금처럼 활성화되었더라면 난 어떻게 되었을까 생각만 해도 아찔하다. 1년 가까이 방송하면서 신동엽, 남희석 씨와도 많이 친해지고 정이 들었다. 그때 신동엽 씨가 크림스파게티 만드는 법을 꼭 배우고 싶다고 했는데 세월이 지난 지금도 여전히 크림스파게티를 좋아하는지 궁금하다.

교육센터에서의 경험 살린 갈등 해결사

IMF 시기에 주력 업장인 스카이라운지로 발령받아 책임이 무거웠지만,

메뉴를 새롭게 바꾸고 서비스를 개선하는 등 적극적으로 노력을 한 덕분에 스카이라운지 매장은 오히려 매출이 올라갔다. 방송을 통한 홍보 효과도 무시할 수 없었다. 물론 나의 방송 활동을 못마땅하게 여기는 사람도 있었다.

스카이라운지 영업장은 63빌딩의 주력 업장인 만큼 근무하는 직원들의 숫자도 많았다. 주방 직원들만 36명이나 됐고, 홀 직원까지 합하면 60명이 넘었다. 사람이 많다 보니 다양한 사람들 속에서 알게 모르게 갈등이 생기기도 했다. 주방 직원들과 홀 직원들 사이에 갈등이 있는 것 같아 전 직원의 이야기를 들어보기로 했다. 갈등이 되는 근본적인 요소가 있을 것 같았다. 직원들에게 회사나 책임자에 대해 불만이 있다면 무슨 이야기든 다 해달라고 말했다. 처음에는 서로 눈치를 보면서 주저하다가 한 사람이 이야기를 시작하자 여기저기서 불만들을 쏟아내기 시작했다. 나는 한마디도 빼놓지 않고 칠판에 적었다.

30분 정도 쏟아진 불만 사항과 건의 사항들을 회사, 책임자, 홀, 주방별로 분류해 나열했다. 해결할 수 있는 사항은 해결할 수 있는 것들끼리 연결을 했다. 주로 홀 직원과 주방 직원 사이에 문제가 많았다. 그중에서도 홀 직원들은 단골손님들에게 서비스 요리를 줘야 한다고 생각하는데, 주방 직원들은 단골손님의 중요성을 몰라서인지 서비스를 잘 주지 않는다고 하여 서로 갈등이 있었다. 해결 방법은 간단했다. 홀 직원이 서비스 음식을 달라고 하면 아무 말도 하지 말고 무조건 주라고 했다. 대신 서비스를 부탁한 홀 직원이 누구인지, 언제 어떤 음식들을 서비스로 가져갔는지 하나도 빠짐없이 기록하라고 했다. 아무 이유 없는 서비스는 허락할 수 없었다.

이 방법을 통해 서비스를 왜 줘야 하는지 의문을 가지고 있던 주방 직원들의 불만을 풀어주면서, 아쉬운 소리를 할 수밖에 없던 홀 직원들의 불만도 정당하게 해소할 수 있었다. 원가는 관리자인 내가 책임진다고 했다. 매출기여도에 대해서 손님 관리 대장을 만들기도 했다. 그 후 홀과 주방의 불만은 없었다. 아무래도 교육센터에서의 경험이 도움 되었던 것 같다.

새로운 시도를 위해 이탈리아 밀라노로

IMF에도 높은 매출을 기록해서일까, 매출이 내려가면 책임자인 나를 탓하는 소리가 많이 들려왔다. 피자와 스파게티가 맛없어서 손님이 오지 않는다, 책임자가 실력이 별로여서 맛이 없다는 등의 이야기가 생겨났다. 스트레스를 받지 않을 수 없었다. 강남과 이태원에서 맛있다고 소문난 집에 가보기도 했다. 내가 내린 판단은 치즈에 따라 맛이 다르다는 거였다. 치즈를 여러 종류 시켜서 각기 토핑을 달리한 피자를 만들어 직원들에게 시식을 부탁했다. 어떤 치즈를 사용한 피자가 맛있는지 설문 조사를 하기도 했다.

그래도 성에 차지 않았다. 아무래도 본고장인 이탈리아에 가봐야겠다는 생각이 들었다. 이탈리아에서 공부하고 있는 조카에게 전화해 일정을 잡았다. 막상 가려고 하니 회사에서 허락해줄지 걱정되었다. 그렇지만 실력 없다는 소리를 듣는 것은 용납이 안 됐다. 할 수 없이 보름 동안의 개인 휴가를 내 이탈리아로 향했다.

이탈리아 곳곳을 돌아다니면서 현지에서 먹어본 피자와 파스타는 한국에서 우리가 만들던 것과는 많이 달랐다. 봉골레, 카르보나라, 토마토소스 파스타 등의 요리를 먹어봤는데 하나같이 파스타 면의 알덴테(al dente)가 내 입에는 덜 삶아진 듯 뻣뻣한 것이 특이했다. 토마토소스 파스타가 너무 간단해서 인상 깊었는데, 약간 뻣뻣한 파스타 면에 토마토를 손으로 으깨어 넣고 바질 잎을 듬성듬성 썰어 위에 올린 다음 레몬즙을 약간 짜 넣고 소금, 후추로 간을 하는 것이 전부였다. 하지만 천천히 꼭꼭 씹다 보면 파스타 면의 고소한 식감과 부드러우면서도 상큼한 토마토, 향긋한 바질, 레몬의 새콤함이 어우러지면서 입 안에 감도는 맛이 너무나 깔끔했다. 신선한 재료 본연의 맛을 한껏 살리는 것이 이탈리아 본고장 요리의 특징이었다.

피자 도를 아주 얇게 넓적하게 만드는 것도 특이했다. 토핑으로 파르

메산 치즈와 올리브, 안초비를 올리거나 싱싱한 바질과 루콜라 등을 올려 허브 향을 느끼게 했다. 현지에서 생산되는 올리브와 치즈, 허브 종류들은 신선하면서도 담백해 요리의 맛을 살려주었다.

귀국한 다음에 여러 가지로 대입을 해보려 했지만 쉽지는 않았다. 스파게티 면을 원래 삶던 시간보다 더 짧게 삶아 이탈리아에서의 맛보던 식감을 느껴보게 하고 싶었는데 손님들의 불만이 터져 나왔다. 스파게티도 삶을 줄 모르는 요리사들이 음식을 이따위로 주느냐며 난리가 아니었다. 소스도 이탈리아식으로 만들어냈더니 소스가 없다며 다시 해달라고 주문했다. 일주일을 시도하다가 원래 하던 방식대로 돌아왔다. 기존의 틀을 바꾼다는 것은 쉽지 않았다. 내 개인적인 요리에 대한 견문은 넓혔지만, 배운 것들을 영업장에 적용하지는 못했다.

한여름의 극한 직업, 요리사

60층은 높아서 흐린 날씨에 기압의 영향을 많이 받았다. 기물을 세척하는 세척실은 뜨거운 스팀 열기로 더운 여름철 흐린 날에는 더욱 후덥지근했다. 어느 일요일 무덥고 습한 저녁, 한창 영업 중인데 세척실에서 일하던 직원이 갑자기 쓰러졌다. 시원한 곳으로 신속히 옮겨 찬물과 얼음으로 얼굴을 식히고 같은 여직원들에게 팔, 다리를 마사지하도록 해 피가 돌게 했다. 하지만 제대로 정신을 못 차리고 말을 못 했다.

일요일이라 사무실 직원들이 출근하지 않아 병원에 연락할 길이 없었다. 급한 대로 내 차에 태워 영등포에 있는 회사 지정 병원으로 달려갔다. 응급실에 눕히고 의사가 왔을 때까지도 그 직원은 정신을 못 차렸다. 의사에게 괜찮은 거냐고 다그쳐 물었더니 서너 시간은 지나 봐야 알 수 있다고 대답했다. 링거를 맞고 나면 괜찮을 것 같은데 시간이 좀 걸릴 수 있다고 했다. 누적된 피로로 쇼크가 와 쓰러진 것으로 보이나 사람에 따라서 회복 속도가 차이 난다고 했다.

그 소리에 긴장이 풀렸던지 다리에 힘이 쫙 빠졌다. 병원에 함께 왔던 직원을 들여보내고 대기 의자에 앉았다. 옷이 온통 땀으로 젖어 있었다. 다행히 그 직원은 두 시간쯤 지나 깨어났다. 그는 미안하다고 내게 말을 건넸다. 안도의 한숨이 나왔다. 비가 엄청나게 내리는 와중에 택시를 타고 가겠다는 직원을 만류하고 내 차로 집에 데려다주고 나도 귀가했다. 어느덧 새벽 3시였다.

여직원들끼리의 엄청난 몸싸움을 해결한 적도 있었다. 스카이라운지 과장으로 근무하고 있을 때였다. 어느 날 주방 사무실에 있는데 주방 안에서 앙칼진 욕 소리가 들려 급히 나가보니 여직원 둘이서 서로의 머리카락을 움켜잡고 몸싸움을 심하게 하고 있었다. 급히 말려 진정시키고 이야기를 들어보았다. 오래전부터 곪아 있던 일이었지만 막상 서로의 사정을 다 펼쳐놓으니 내용은 단순했다.

나중에는 서로 좀 창피한지 아무런 말이 없었다. 나이 먹고 힘든 환경에서 일을 하면서 별일도 아닌 것을 갖고 몸싸움을 하면 젊은 사람들이 어떻게 보겠느냐고 꾸짖고 스카이라운지에서 오래 근무한 사람부터 다른 영업장으로 발령을 내는 것으로 마무리를 지었다.

미디엄 레어를 좋아하던 스님

주방에서는 손님으로 누가 왔는지 잘 모른다. 단골손님 같은 경우에는 홀 직원이 부탁하면 그때 메뉴에 신경을 쓰는 식이다. 남쪽 레스토랑에서는 스테이크를 주로 판매하는데, 손님의 취향에 따라 여섯 단계로 굽기 정도를 나눴다. 베리 웰던, 웰던, 미디엄 웰던, 미디엄, 미디엄 레어, 레어로 구분하는데, 웰던에서 레어로 갈수록 핏기가 많이 보였다. 스테이크 주문을 받을 때는 꼭 굽기 정도를 물어보고, 매우 민감한 손님의 주문에는 주문표에 별 모양을 그려 넣었다.

어느 날 점심식사 시간이었다. 홀 직원이 준 주문표 중 미디엄 레어에

별 모양이 여러 개 그려져 있었다. 미디엄 레어를 구울 때 특히 신경 써 달라고 담당 직원에게 얘기하고 음식이 나갈 때 확인했다. 식사시간이 거의 끝날 무렵, 손님이 주방장을 찾는다고 전해 들었다. 긴장되어 홀 직원에게 뭐 잘못된 게 있는지 물어보니 그런 건 아닌 것 같다고 말했다.

조심스럽게 방문을 열고 들어갔더니 스님이 나를 보고 반갑게 맞이했다. 그는 "당신이 주방장인가?" 묻더니 "오늘 고기 맛이 참 좋았어요. 수고 많았어요." 하면서 장삼 주머니에서 돈뭉치를 꺼냈다. 그중 수십 장은 되어 보이는 다발을 나에게 내밀었다. 나는 당황해서 받으면 안 된다고 극구 만류했지만 '손님의 성의를 무시하면 안 된다'면서 억지로 주머니에 넣어줬다. 황당하면서 난감하기도 해 대충 인사를 드리고 그 자리를 벗어났다. 나는 홀 직원에게 그 돈을 주면서 알아서 하라고 했다.

당시 63빌딩은 정·재계 유력 인사들도 많이 드나들었다. 어느 날은 정부의 높으신 분이 온다며 메뉴에 신경을 많이 써 달라는 요청을 받았다. 나름 귀한 재료를 수소문해 구하고 온갖 신경을 써서 메뉴를 구성했다. 직원들에게도 신경 쓰라고 말해두고 손님 맞을 준비를 했다. 보통 그 정도의 VIP 손님이 오면 홀 책임자와 주방 책임자가 대기하고 있다가 인사를 하는 것이 우리 레스토랑의 관례였다.

손님에게 인사를 하고 나서 철갑상어알과 바닷가재를 사용해 전채요리를 만들어 내놨다. 탑 모양으로 화려하게 만든 전채요리를 설명하려고 하는데 말이 떨어지기도 전에 그는 포크로 휘젓더니 아랑곳하지 않고 먹었다. 어이가 없고 화도 나서 말없이 주방으로 들어왔다. 뒤는 직원들에게 부탁하고 사무실로 가서 화를 삭였다. 그나마 그 손님은 갈 때 잘 먹었다는 인사는 하고 갔다.

한번은 김수환 추기경님이 다녀가신 적이 있다. 추기경님이 식사하신 방에서 주방장을 찾는다고 연락이 왔다. 뭔가 잘못되었나 싶어 바짝 긴장하고 방문을 열고 들어갔는데 잔잔한 미소를 지으시며 식사를 맛있게 잘 먹었으니 축복을 빌어주고 가겠다고 하셨다. 꿇어앉은 내 머리에 그의 손이 얹어지는 순간 온몸에 전율이 느껴지는 것을 경험하기도 했다.

아직 나는 공부에 배가 고프다

스카이라운지 레스토랑에 발령을 받고 1년이 좀 지나니 업장이 슬슬 안정되어갔다. 전문학사까지 땄지만 학업에 대한 열망은 아직 사그라지지 않았다. 대학교에 진학하기로 마음을 먹고 1999년 2월 초당대에 입학했다.

업장에 있다 보니 교육센터에 있을 때보다 시간 내기가 어려웠다. 하지만 도전해보기로 했다. 손님이 많은 저녁 시간에 수업이 있어서 바쁠 때는 영업장을 빠져나가기가 곤란했지만 늦더라도 등교를 했다. 책임자의 자리였는데도 학교 다니는 것이 눈치가 보여 쉬는 날이 없이 일했다. 2년이면 된다, 나는 할 수 있다, 하면 된다고 수없이 되뇌며 이를 악물었다. 어려움도 많았지만 큰 탈 없이 시간이 흘러갔다.

그러는 사이에도 아이들은 하루가 다르게 커갔다. 딸은 중학생이 되었고 아들은 초등학교 고학년을 보내고 있었지만 한 가정의 가장으로서 따뜻한 아버지의 역할을 제대로 하지 못했다. 나의 이러한 과정들이 결국 아이들에게는 미안한 마음으로 남아 있지만 어린 시절 내가 겪은 비참했던 가난을 대물림해주고 싶지 않았다. 불안하지 않은 장래를 물려주기 위해서라도 회사에도 충실해야 했고 공부도 해야 했다.

아이들 어렸을 때 한 가지 생각나는 기억이 있다. 아이들이 초등학교에 다닐 때쯤, 프랑크푸르트 세계요리올림픽에서 금메달을 수상했다. 이웃들을 비롯해 주변 모든 사람들이 그 소식을 알고 있었다.

어느 날인가 소풍을 앞둔 딸이 소풍 때 아빠가 만든 요리를 준비해올 수 있느냐고 담임선생님이 말씀하셨다고 전했다. 담임선생님이 특별히 부탁한 것이어서 신경 써서 준비했다. 도시락에 훈제 연어를 모양 있게 담고, 절인 연어 알에 철갑상어알과 양념을 넣어 고급스럽게 도시락을 싸서 보냈다. 그랬더니 나중에 선생님이 딸 편에 감사의 편지를 보내왔다. 그런 멋진 도시락을 보내줘서 영광이었고 평생 잊지 못할 것이라고 했다. 그때 딸에게 그것이라도 해준 게 참 다행이었다.

세기의 요리사 조엘 로부숑과의 만남

대학에 다니던 무렵 교수님에게 부탁해 프랑스 호텔에서 연수받을 수 있는 방법을 알아봐달라고 했다. 회사에는 자비로 외국 호텔의 선진 교육을 받아 회사에 기여하겠다고 설득하고 기획안을 올렸다. 개인 비용을 들여서라도 가겠다는 나의 완강한 고집을 회사는 결코 꺾지 못했다. 교수님의 주선으로 프랑스 파리에 있는 아스토 호텔로부터 초청장을 받았다. 막상 초청장을 받고 보니 긴장감으로 온몸이 굳어지는 듯했다. 프랑스어도 모르는데 프랑스 호텔에 연수를 가겠다고 고집을 피우다니. 회사에서는 출장비를 챙겨주면서 건강히 잘 다녀오라고 했다. 2000년 10월, 약 1개월간의 연수 일정을 차근차근 준비했다.

파리에 도착하자 교수님의 지인 부부가 맞아주었다. 파리에서 유학 중이던 그들은 내가 머물 숙소를 예약해주고, 연수받게 될 아스토 호텔로 가는 길을 알려주었다. 파리 시내에 위치한 아스토 호텔에는 미슐랭 별 한 개 레스토랑이 있었는데, 별 두 개를 받기 위해 요리 거장 조엘 로부숑이 컨설팅을 하면서 마무리 준비를 하던 참이었다.

출근 첫날, 8시쯤 호텔에 도착했다. 이른 시간이었는데도 이미 모든 요리사가 출근해 일하고 있었다. 늦었나 싶어 당황하고 있는 나에게 부 셰프가 요리복과 신발을 갖고 왔느냐고 물었다. 얼른 옷을 갈아입고 주방으로 달려갔다.

주방장 에릭이 같이 일하게 될 요리사들을 소개하더니 곧바로 나에게 지하 냉장고로 가서 무엇인가를 가져오라고 했다. 버섯이었던 것 같은데, 프랑스어에 아직 서툴러 얼른 알아듣기가 힘들었다. 눈치껏 지하로 내려가니 냉장고가 있었고, 안에는 각기 수없이 많은 종류의 버섯이 들어 있었다. 교수님의 지인이 도와줘서 심부름은 무사히 마쳤으나 그 이후에도 당황의 연속이었다. 긴장해서 하루가 어떻게 갔는지 모를 정도였다. 첫날은 밤 11시가 다 되어서야 퇴근할 수 있었다.

그렇게 정신없이 며칠을 보냈을까, 주방에 긴장감이 돌았다. 조엘 로부숑 밑에서 일하는 수석 주방장이 아스토 호텔 주방에 나타난 것이다. 주방장 에릭도 바짝 군기가 들어 있었다. 둘은 함께 요리를 했다. 감자를 구워 고운체에 내리고 버터로 혼합했다. 프랑스의 3대 요리 거장 중 한 사람

프랑스 요리 연수 중 세계적인 요리 거장 조엘 로부숑과 함께.

유럽 연수를 할 때 틈이 나면 프랑스 재래시장을 찾곤 했다.

인 조엘 로부숑이 오기 전에 수석 주방장이 먼저 와서 지시받은 선 작업을 하는 과정이었다.

얼마 지나지 않아 조엘 로부숑이 왔다. 수석 주방장 외에는 아무도 근처에 가지 못했고, 그나마 제과장이 그와 악수를 할 수 있었다. 갑자기 조엘 로부숑이 일행 중에서 나를 발견하고는 다가와 악수를 청했다. 한국에서 왔느냐고 아는 체를 했는데, 아마도 교수님으로부터 내 얘기를 들었던 것 같았다. 그는 함께 사진을 찍자면서 흔쾌히 포즈를 잡아주었다. 이어 수석 주방장과 준비하고 있는 요리에 대해 몇 가지 이야기를 나누더니 금방 사라졌다. 긴 시간은 아니었지만 쥐 죽은 듯이 조용하던 주방이 다시 시끌벅적해졌다. 나 역시 유명한 요리사를 만났다는 사실에 들떴다.

주방장은 조엘 로부숑이 다녀가고 나서 나를 대하는 태도가 완전히 달라졌다. 원래는 요리 사진을 찍으려고 하면 인상을 쓰면서 거절하기도 하고, 잠깐 짬을 내 요리 레시피를 적을라치면 바쁜데 뭐하느냐고 고함을 지르기도 했다. 그런데 이제는 손님에게 나가고 남은 요리를 시식해보라고 도 하고, 필요한 게 있으면 이야기하라고도 하는 둥 어이가 없을 정도로 친절해지고 친근감 있게 대했다. 새삼 조엘 로부숑이 대단한 존재라는 게 느껴졌다.

요리를 대하는 기본자세를 다시 배운 아스토 호텔 연수

우리나라는 주방에 처음 들어가 일을 배울 때 그릇 닦는 일부터 한다. 그 다음에 차차 채소를 씻거나 다듬는 일을 하는 식이다. 유럽은 달랐다. 주 방에서 나오는 기물을 닦는 사람도 별도로 있었다. 요리사는 절대 그릇을 닦지 않았다. 도마도 쓰고 나면 닦아서 소독까지 해서 가져다 놓았다.

아스토 호텔 주방에서 연수를 시작한 지 보름쯤 지났을 때였다. 그날 따라 예약 손님이 많아 애피타이저를 내가 직접 만들어보겠다고 나섰다. 주방 사람들은 못 믿겠다는 듯이 레시피를 아느냐고 물었다. 나는 그들이 요리할 때마다 계량하는 모습을 어깨너머로 보고 전부 메모했고, 틈나면 사진까지 찍어 정리했다. 게다가 한국에서 조리 팀 과장으로 수십 년째 요 리를 해왔던 사람이었기 때문에 그 정도는 우스웠다. 안 그래도 그들이 일 을 빠릿빠릿하게 하지 않아서 못마땅하던 참이었다. 나는 먼저 재료를 준비해 계량했다. 재료는 전갱이 통조림, 크림치즈, 고운 빵가루, 적당히 다진 블랙 올리브와 그린 올리브, 잘고 네모지게 썬 토마토, 그 밖에 생크림, 올리브오일, 핫소스, 타바스코소스, 화이트와인, 소금, 후추 등이었다. 준비한 재료를 모두 볼에 담고 거품기로 빠르게 휘저었다. 그들은 포크를 이용해 천천히 하는 작업이었다. 재료는 부드러운 크림 상태로 변했다. 그 순간 옆에서 일하던 담당 요리사가 얼굴이 사색이 되었다. 나를 사정없이 밀쳐내더니 "노노!" 하고 외치며 뭐라 뭐라 말을 했다. 그는 내가 만든 것을 쓰레기통에다 버렸다. 나보다 나이도 훨씬 어린 사람에게 무시당하다니, 자존심도 상하고 기가 막혔다. 그 일이 있고 난 뒤부터 나에게 일을 시키지 않았다. 내가 무엇을 잘못했는지 알려달라고 사정했지만 소용없었다. 며칠 동안 냉랭한 분위기에 눈길조차 마주치지 않았다.

일주일이 지났을까, 화를 내며 내가 만든 걸 쓰레기통에 버렸던 담당 요리사가 그날과 똑같은 재료를 계량해놓으라고 했다. 반은 내가 하던 것처럼 거품기로 휘저었고, 나머지 반은 원래 하던 대로 포크를 이용해 천천히 재료를 섞었다. 그러더니 완성된 것을 비교해 먹어보게 했다. 거품기로 휘저은 재료는 완전히 으깨어지고 섞여서 느끼하고 맛도 여러 가지가 섞인 느낌이었다. 그런데 그가 포크로 천천히 섞은 것은 각 재료의 향미와 씹히는 식감이 살아 있었다. 재료끼리 어우러지는 고소함도 완전히 달랐다. 존경스러울 정도였다. 수십 년 요리를 했다고 자부했던 나 자신이 부끄럽고 창피해서 쥐구멍이라도 찾고 싶었다.

한 달 동안 아스토 호텔에서 다양한 요리를 배우고 새로운 경험을 쌓았다. 3대 진미로 알려진 거위 간 요리법도 알게 되었고, 트러플 오일로 맛과 향을 내는 법도 배웠다. 다양한 향신료는 요리의 맛을 결정짓는 기초 재료들이었다. 그들만이 갖고 있는 재료의 특성을 이용해서 만든 요리들은 부가가치가 높을 수밖에 없다는 생각이 들었다. 그들의 비법 레시피인 거위 간 무스 만드는 법은 절대 알려주지 않아서 아쉬웠지만 어쩔 수 없었다.

교수님 지인의 도움을 받아 프랑스 북부와 중부에 있는 와인농장도 견학했다. 어떤 와인이 어떤 요리와 잘 어울리는지, 와인에는 어떤 종류들이 있는지 몸소 체험할 수 있었다.

원양어선 경험이 빛을 발한
참치 이벤트와 바닷가재 축제

2000년 새해는 새로운 한 세기를 맞이하는 100년에 한 번 있는 날이다. 설레지 않는 사람이 있을까 싶을 정도로 분위기가 들떠 있었다. 그 뜻깊은 날을 60층 스카이라운지에서 맞이할 수 있도록 한 달 전부터 영업 전략을 세우기 시작했다. 홀에서는 가족 단위와 연인을 위한 다양한 이벤트를 기획했고 주방에서는 특별한 메뉴를 준비했다.

우리는 고급화 전략을 세웠다. 바닷가재를 다양하게 활용한 요리와 감자로 감싼 달팽이 요리에 와인을 곁들이는 세트 메뉴를 구성했다. 고급스러운 구성인 만큼 가격도 비싸게 책정했다. 손님이 실망할 일이 없도록 재료를 선택하는 과정부터 맛과 모양, 색깔에 온 신경을 쏟았다. 바닷가재를 찔 때 쓰는 물도 아무거나 쓰지 않았다. 채수를 이용해 바닷가재의 맛을 극대화했다. 양파와 양송이버섯을 다져서 볶아 와인으로 졸인 뒤, 생크림을 넣고 다시 졸여서 바닷가재 위에 올렸다. 그 위에 소스를 올리고 직화로 살짝 그을려 색과 불 맛을 냈다. 그런 다음 주사위 모양으로 작게 썬 채소를 아메리칸 소스에 졸여 바닷가재 위에 뿌리고 마지막에 파슬리와 채소로 화려하게 장식했다. 온갖 정성을 기울인 음식이었다. 감자로 감싼 달팽이 요리도 과정이 쉽지 않았다. 처음에는 직원들의 불만이 있었다. 하지만 손님들에게 최고의 기억을 선사하겠다는 일념으로 연습에 연습을 거듭했다. 최선을 다한 직원들 덕분에 2000년 전야제는 최고의 매출을 달성할 수가 있었다.

힘들었던 시간이 지나갈 무렵, 다시 발령을 받았다. 스카이라운지에서 보낸 시간이 3년 6개월, 어떻게 지나갔는지 모를 정도로 바쁘게 보냈던 것 같다. 이번에 발령받은 곳은 1985년에 처음 입사해 8년을 근무한 63분 수프라자 뷔페였다.

뷔페는 60층 스카이라운지보다 규모가 훨씬 크고 매출 규모도 배가 넘었다. 이렇게 큰 규모의 영업장에서 입사 초기부터 바삐 오가며 이곳저곳으로 재료를 날랐었다. 채소 샐러드를 만들며 본격적인 주방일에 뛰어들었고, 주말과 휴일에는 넓디넓은 불판에서 종일 녹초가 되도록 LA갈비를 굽기도 했다. 회원제 레스토랑, 연회장, 교육센터, 스카이라운지를 거쳐 8년이 지난 후 다시 처음 일했던 곳의 책임자로 부임하게 된 사실이 감개무량했다.

당시 우리나라에서 최고 높았던 63빌딩에서 자랑하는 크고 화려한 뷔페인 만큼, 색다른 이벤트를 기획하고 싶었다. 곰곰이 생각하다 원양어선을 타던 시절에 본 커다란 참치가 생각났다. 손님들에게 실제로 거대한 참치를 보여주고 싶기도 했고, 주방장이 직접 썰어서 제공하는 것이야말로 최상의 서비스일 것 같다는 생각이 들었다.

참치 쇼를 위한 준비에 들어갔다. 참치의 신선도를 유지할 냉장고가 필요했는데, 커다란 참치가 통째로 들어갈 만큼 큰 냉장고는 어디서도 찾기 어려웠다. 할 수 없이 독일 제품을 변형시켜 주문제작을 해야 했는데, 비용이 꽤 들었다. 상사에게 결재받는 과정이 쉽지는 않았지만 남들이 안 하는 것을 하려면 어려움을 극복해야 한다는 생각에 반대를 무릅쓰고 밀어붙였다.

내 생각은 맞아떨어졌다. 손님들은 통으로 된 참치를 신기해했고 직접 썰어주는 참치회를 맛보기 위해 길게 줄을 서서 기다렸다. 어린이들도 무척 신기해하며 좋아했다. 화젯거리가 되어 경쟁 업체에서 벤치마킹을 오기도 했다. 손님이 많이 찾아 주말 같은 경우에는 60킬로그램이 넘는 냉장 참치 두 마리로도 부족했다. 냉장 참치는 가격이 비싸 원가 부담이 큰 고민거리였다. 본연의 맛을 위해 냉장 참치를 고수했지만, 원가 압박으로 한 달 만에 결국 냉동 참치로 바꿀 수밖에 없었다. 냉동 참치를 쓰는 대신 비린 맛이 덜하고 담백한 질 좋은 참치들을 골랐다. 커다란 참치들이 대부분 맛이 좋은 편인데, 참치를 잡는 원양어선을 약 3년간 탄 경험에서 우러나온 지식이었다. 직접 잡고 먹어보았던 게 도움이 되었다.

뷔페 책임자로 근무하면서 정신적으로 쉴 틈이 없었다. 영업장의 규모부터 달랐기 때문에 매출이 조금이라도 부진하면 숫자가 더 크게 와 닿았다. 그만큼 위기감이 느껴졌다. 뷔페라는 영업장의 특성상 많은 음식이 있어 작은 변화는 눈에 띄지 않았다. 어떤 메뉴가 인기 있고 어떤 메뉴가 반응이 없는지 알기 위해서는 신경을 곤두세워야 했다. 손님들은 언제나 새로운 것을 찾고 쉽게 싫증을 느끼기 때문에 항상 긴장해야만 했다.

그래서 기획한 것이 '바닷가재 페스티벌'이었다. 바닷가재 취급 업체들을 수소문해 가격이 떨어질 때 연락을 달라고 부탁해 많은 양의 바닷가재를 구매했다. 영업이익이 난 경우에도 조금씩 조금씩 구매해서 냉동고에 따로 비축했다. 그렇게 일 년 가까이 바닷가재를 모아두었다가 드디어 보름간 일정을 잡고 축제 준비에 들어갔다. 나는 비축해놓은 바닷가재 물량이 일주일 정도의 분량밖에 안 되기 때문에 일주일만 해야 한다고 주장했지만, 경영기획실장은 '주방장님이나 업장에는 부담이 가지 않게 지원을 하겠다'고 나를 설득했다.

날짜가 정해진 후 각종 신문에 '바닷가재 페스티벌'이 기사화되었다. 한식, 양식, 중식, 일식 책임자들을 총동원해 메뉴에 대한 설명과 함께 인터뷰를 하고 요리를 들고 있는 사진을 찍게 했다. 주방장들에게 동기를 부여하고 긍지와 자부심을 불어넣어야 뜻깊은 축제가 될 것 같아서였다. 주방장들은 신문에 요리를 들고 있는 자신들의 사진과 함께 인터뷰 기사가 실린 것이 마음에 든 모양이었다.

바닷가재 축제가 시작된 첫날부터 예약 손님들이 엄청났다. 경영기획실에서는 손님 반응이 너무 좋다고 보름 더 연장해달라고 했다. 처음 정한 보름도 무리였다고 했지만 사장님 지시라며 무조건 하라고 했다. 손님도 많았던 데다가 일 년 가까이 비축해놓은 물량이 생각보다 빠르게 소진되었다. 보름도 아니고 추가 보름이라니, 난감했다. 업체를 찾아 갖고 있는 물량을 몽땅 달라고 했더니 가격도 가격이거니와 시장에 냉동 바닷가재 자체가 없다고 했다. 생 바닷가재는 예산을 훌쩍 뛰어넘어 아예 구매할 수도 없었다. 어쩔 수 없이 바닷가재 비슷한 거라도 달라고 했다. 청가재살, 철갑가재 등 가재 종류만 해도 수없이 많다는 것과 우리나라 수산시장이 참으로 작다는 것을 그때 새삼 알게 되었다.

한 달 동안 진행된 바닷가재 축제는 성황리에 끝났다. 이번 축제로 올린 매출에 비하면 마진율이 그리 높지 않아 사장님으로부터 칭찬을 듣기는 했지만 나는 뭔가 부족했다는 생각이 들어 마음이 개운치 않았다.

홈쇼핑에 등장한 '구본길' 브랜드

발령을 받기 전, 63 스카이라운지에 근무할 때부터 회사가 어수선해지기 시작했다. 사주는 이미 물러났고, 금융감독위원회에서 파견 나온 사람이 부사장으로 근무하고 있었다. 직원들은 전 같지 않게 어수선하고 산만했다. 책임자인 나 역시 마찬가지였지만 그런 분위기에 마냥 휩쓸려 있을 시간은 없었다.

대학교를 졸업했으니 이번에는 대학원에 가서 석사를 따야겠다는 생각이 들었다. 일주일에 하루만 나가면 되는 일정이어서 가능할 것 같았다. 어느 누구에게도 의논할 분위기가 아니었지만 윗분에게 보고를 했다. 쉬는 날 대학원에 다니겠다고 했더니 영업장에 지장이 없도록 알아서 하라고 했다.

2002년 경기대학교 관광대학원에 석사과정을 등록하고 각오를 다졌다. 어려울 때일수록 이겨나가야 한다고 생각했다. 어느 날 상사가 불러서 갔더니 누가 나의 뒷조사를 했다면서 방송과 홈쇼핑 출연 등 회사 근무 외에 활동했던 여러 사진들을 보여주었다. 다음에 나올 말이 뭘까 긴장되었는데, 다행히 격려를 해주었다. 일만 하기에도 벅찬데 공부하면서 방송에도 많이 나가고, 열심히 사는 모습이 보기 좋다고 말했다. 시기 질투의 대상이 될 수도 있으니 일도 열심히 하고 관리를 잘하라는 말도 했다.

뷔페에 발령받은 후에도 어수선하기는 마찬가지였다. 모그룹에서 인수한다는 등 여러 가지 말이 많았다. 나의 미래가 안개 낀 것처럼 불투명하고 막막한 느낌이었다. 벌써 몇 년째 주변으로부터의 은근한 시달림으로 몸과 마음이 지친 상태이기도 했다. 알게 모르게 스트레스를 받았지만, 지금까지 해온 내 나름의 할 일에 최선을 다하자는 생각으로 하루하루 최선을 다했다.

그때 마침 홈쇼핑 협력업체에서 내게 제안을 했다. 구본길이라는 사람의 브랜드를 활용해 육가공상품을 출시하자는 것이었다. 한 번도 생각해본 적이 없는 것이어서 망설이던 끝에 지인에게 조언을 구했다. 회사가 앞으로 어떻게 될지 불투명하니까 한번 해보는 것도 괜찮을 것 같다는 대답이 돌아왔다. 나는 곰곰이 생각했다. 어쩌면 절호의 기회일지도 모른다고 생각하면서 스스로 위안해보기도 했다. 최종적으로 회사 윗분께 간단하게 말씀을 드렸더니 별일 아닌 듯이 생각하는 것 같아서 홈쇼핑에 뛰어들기로 마음을 굳혔다.

나는 내가 방송을 잘해서 출연한다는 생각을 해본 적이 없었다. 많은 사람이 보는 방송에서 요리사로서 최선을 다해 열심히 해야 한다는 생각뿐이었다. 한 번도 나라는 사람 자체가 브랜드가 될 수 있으리라고는 생각해보지 않았다.

2002년 10월경, 50분간 첫 방송을 했는데 업체와 홈쇼핑 관계자들이 모두 깜짝 놀랐다. 대박이 터진 것이다. 양념 LA갈비 하나로 엄청난 매출을 기록해 경제신문에 기사로 나올 정도였다. 그 이후로도 방송은 계속되

2002년 홈쇼핑에 처음 등장한 '구본길 LA갈비'. 당시 엄청난 매출을 기록해 경제신문에 기사까지 나왔다.

었고, 방송할 때마다 좋은 결과가 나왔다. 명절을 앞두고 방송 횟수가 많아지거나 회사 회의시간과 방송시간이 겹칠 때는 방송시간을 조정해야 했다. 어떨 때는 시간이 급해 방송을 마치자마자 퀵서비스 오토바이를 타고 회사에 돌아와 회의에 참석하기도 했다.

기업 인수설로 혼란스러운 분위기

회사 안팎이 여러 가지로 어수선하고 시끄러웠다. 그래도 나는 영업장이 쉬는 시간을 이용해 틈틈이 방송에 나갔다. 어느 날 경영기획본부에서 사람이 나와 면담을 요청해왔다. 그 사람은 대뜸 회사를 어떻게 생각하느냐고 물었다. 난 지금까지 회사를 위해 열심히 일했고, 회사는 나에게 좋은 기회를 줘서 항상 감사하게 생각하며 열심히 일하고 있다고 했다. 그랬더니 그는 혹시 회사가 다른 기업으로 바뀌면 어떻게 하겠느냐고 다시 물었다. 기업에서 그만두라면 미련 없이 그만둘 것이고, 일을 하라면 지금까지 해온 것처럼 최선을 다해 열심히 일하면 되지 않겠느냐고 대답했다.

처음 요리를 배울 때, 나중에 훌륭한 주방장이 못 되더라도 포장마차나 분식집이라도 운영하면 밥은 굶지 않겠지 하는 마음으로 시작했던 터였다. 평소에도 항상 그런 마음으로 최선을 다해 열심히 일했고 나의 소신은 변함이 없었기에 자신 있게 말할 수 있었다.

얼마 후 모그룹이 바뀌면서 인사발령이 났다. 나는 팀장이 되었다. 전혀 상상도 못 했던 일이라 당황스럽기도 했고 부담스러웠다. 아직 위로는 나와 같은 차장 직급인 선배들이 많았는데 하루아침에 그들 위에 팀장이 된 것에 몹시 당혹스러웠다. 인사 발표 직후 며칠 전 면담을 했던 그룹 경영기획본부 관계자에게서 전화가 왔다. 보안 때문에 사전에 얘기를 못 해 미안하다면서 아무 걱정 말고 지금까지 일해온 것처럼 소신껏 일하면 된다고 했다.

팀장은 300명이 넘는 요리사를 관장하는 책임자 자리였다. 뷔페에서의 인수인계와 모든 영업장의 책임자를 선정하는 등의 전반적인 일들이 일사천리로 진행되었다. 예전에 교육센터로 발령받았을 때와는 또 다른 긴장감이었다. 여러 영업장 책임자를 거쳤기 때문에 팀장으로서 업무수행은 어렵지 않았다. 각 영업장 주방을 돌며 책임자들과 업무에 대해 미팅을 하고, 대표이사를 비롯한 임원진들과 미팅을 하는 등 하루 종일 쉴 틈 없이 바빴다. 공식적인 미팅 외에도 수시로 경영진의 호출이 있어 항상 긴장하며 대기해야 했다.

식음료 팀장은 그룹 총수의 식사 취향을 알고 있어야 한다고 해서 회장님의 단골 식당을 직접 방문해서 회장님이 주로 주문하는 식사를 똑같이 주문하기도 했다. 그곳 주방장은 원래 친분이 있던 사람이어서 회장님의 식사 취향에 대한 정보를 자세히 들을 수 있었다.

대생기업을 인수한 (주)63시티(이하 63빌딩으로 칭한다)는 전 회사와 많은 부분이 달랐다. 그룹 총수인 회장님의 행사와 그룹 행사도 많았다. 회장님이 직접 참석하는 중요한 행사는 일주일 전부터 그룹 비서실에서 연락이 오고 사장님을 비롯해 임원진들이 수시로 전화해서 점검에 점검을 거듭했다.

행사 당일이면 임원들과 팀장인 나는 아침부터 수시로 행사장을 돌며 점검을 했다. 행사 두 시간 전부터는 쭉 늘어서서 회장님이 올 때까지 대기했다. 어쩌다 늦은 시간에 오는 날이면 그가 회사를 나갈 때까지 우리 부서의 임원과 나는 퇴근을 할 수 없었다. 언제 무엇을 찾을지 알 수 없어 나를 비롯해 한·중·일식 주방장들이 모두 대기했다. 때론 새벽까지 기다린 적도 있었다. 이런저런 이유로 개인적인 여유 시간을 갖는 것이 어려운 상황이었다.

회사인가 홈쇼핑인가, 선택의 기로에서

어느 날 사장님이 불러 사장실로 갔다. 자리에 앉자 사장님은 "구 팀장은 회사에서도 중요한 사람이고, 여러모로 수고가 많습니다. 공인으로서도 힘든 점이 많을 겁니다."라고 칭찬과 위로의 말을 건넸다. 그러더니 홈쇼핑에서 갈비 방송을 언제부터 했냐고 다그치듯 물었다. 회사에 근무하면서 개인적으로 홈쇼핑 판매를 하는 건 안 된다는 것이었다. 여러 가지 이야기로 회유와 설득을 하면서 홈쇼핑 업체와의 계약서를 가져와 보라고 했다. '드디어 올 것이 왔구나.' 하는 생각에 순간 머리가 하얘지는 듯했다. 사장님은 얼굴이 굳어지는 나를 보더니 걱정하지 말라며, 생각을 잘해서 며칠 이내로 해결하자고 했다.

고심에 고심으로 피를 말리는 듯했지만 시간을 오래 끌 수 없는 상황이었다. 어떤 식으로든 결정을 내려야만 했다. 입사 이후 19년 동안 회사로부터 많은 것을 얻었고 나 역시 회사를 위해 누구보다 열심히 일했다고 자부하지만, 내가 없어도 회사는 잘 돌아갈 것이라는 생각이 들었다. '변화와 혁신은 나에게서부터 나오는 것'이라고 스스로 각오를 다지며 퇴사를 결심했다.

퇴사하기로 결정하고 각오를 다지면서도 솔직히 회사에서 설득과 회유를 한다면 이겨낼 자신이 없었다. 수십 년 동안 조직생활에 길들여진 탓도 있을 것이다. 그래서 내 나름대로의 방법을 실행했다. 사직서를 써서 책상 위쪽 서랍에 넣어두고 금요일 저녁에 요리부서 사무실 직원들과 회식을 했다. 토요일부터 조금씩 티 안 나게 책상 정리를 하기 시작해 사무실이 빈 일요일에 짐 정리를 끝냈다. 그리고는 월요일 아침에 사무실 요리

부서 직원에게 전화해서 책상 위쪽 서랍에 있는 사직서를 사장님 비서실에 전해달라고 했다. 발각 뒤집어질 상황이 뻔히 보이는 듯했지만 전화기를 끄고 부산으로 내려갔다.

그로부터 한 달 후, 회사에 가서 총무부장과 이야기를 나누며 마무리를 지었다고 생각했는데 얼마 후 회사에서 내용증명이 날아왔다. 홈쇼핑을 하면서 63빌딩 주방장으로 근무한 것이 위법이라는 것이다. 게다가 브랜드는 회사에 소유된 것인데 회사에 근무하면서 개인적으로 유용했다는 것이다. 처음 받아본 내용증명이라 두렵고 떨렸다. 법 몇 조 몇 항 어쩌고 하는 용어 자체가 떨리고 두렵게 느껴졌다.

열여덟 살에 겪었던 냉동고 폭발사고 때가 떠올랐다. 실질적으로는 피해자였지만 법정에까지 가야 했던 아픈 기억이 떠올라 몸서리쳐졌다. 갈비 업체에서는 전혀 걱정할 것 없다면서 그래도 불안하다면 변호사한테 자문을 한번 받아보자고 했다. 변호사는 전혀 걱정할 것 없고 걱정 안 해도 된다고 하면서 불안해하는 나를 안정시켰다.

그 후로 나에겐 별다른 일이 일어나지 않았지만, 회사는 나 대신 홈쇼핑을 진행하는 방송국에 내용증명을 보낸 모양이었다. 방송국 측에서는 내가 나서서 해결을 해줬으면 좋겠다고 했다. 결국은 갈비 업체 측에서 내게 어떠한 잘못도 없다는 증언을 해줘서 해결이 되었지만, 19년 동안의 청춘을 쏟은 회사와 끝맺음이 원만하지 못하게 결별을 했다는 사실이 아픈 상처로 남았다.

광우병 터널을 지나고 위기를 넘어

우여곡절을 겪으며 (주)63시티와 결별하고 홈쇼핑 방송을 했던 회사 사무실로 출근했다. LA갈비, 떡갈비, 사골뼈 등을 가공해서 '구본길' 브랜드로 홈쇼핑에서 판매하는 영세 업체였다. 포천에 작은 공장을 두고 있었는데 홈쇼핑 매출이 늘어나면서 군산에 있는 대형 냉동창고를 인수해서 육가공 설비를 확장했다.

이 회사는 홈쇼핑 판매와는 별도로 수입 소와 돼지의 부산물, 즉 우족, 소꼬리, 돼지족, 각종 뼈 등을 전국에서 가장 싼 가격으로 판매·공급하는 프랜차이즈 설립 계획을 갖고 군산과 제주도, 부산에서 시범 판매를 시작했다. 소비자들의 반응이 아주 좋아 매출이 급상승하며 발판을 굳혀가고 있었다. 홈쇼핑도 꾸준하게 매출을 내며 성장 가도가 눈앞에 훤히 펼쳐지는 듯했다.

꿈에 부풀어 2008년을 맞이할 무렵이었다. 구정을 두 달 정도 앞두고 설 특집 방송을 위해 생산에 박차를 가했다. 홈쇼핑에서 판매할 양념 LA갈비와 불고기 등 엄청난 양의 육가공품을 생산해 냉동창고에 가득 쌓아 두었다. 그런데 어느 날 아침 날벼락 같은 소식이 들렸다. 전국을 뒤흔든 사건인 광우병이 터진 것이다. TV, 라디오, 신문 등 모든 언론매체에서 하루에도 몇 건씩 미국산 소의 광우병 문제에 대한 기사가 쏟아져 나왔다.

당시만 하더라도 우리는 양념 LA갈비와 불고기 등 거의 모든 고기를 미국산에 의존했다. 설 판매를 위해 냉동창고를 가득 채운 제품들 역시 모두 미국산 소고기로 만든 것이었다. 참으로 기가 막히고 앞이 캄캄했다. 이때는 방송 편성 자체가 되지 않았다.

급기야 생산된 완제품은 폐기 처분했고 군산, 부산, 제주도의 매장도 문을 닫았다. 전국적으로 매장을 확대하려던 계획은 모두 물거품이 되고 말았다. 가슴 아픈 일이었지만 회사는 6개월을 버티지 못하고 부도가 났다. 이후 다른 회사가 인수하고 호주산 고기로 대체해서 홈쇼핑 방송을 재개했지만 매출은 나오지 않았다. 호주 청정우의 안정성과 품질에 대해 다양한 정보를 제공해도 수입고기에 대한 고객들의 반응은 싸늘했다. 사람들은 수입고기를 보면 광우병이 먼저 떠오른다고 했다.

얼마간의 시간이 흐르자 차츰 고객들이 호주산 소고기를 받아들였지만, 고기 품질에 대한 불만이 터져 나왔다. 고기가 질기고 냄새가 난다는 것이었다. 목초를 먹고 자란 호주산 소가 곡물을 먹여 사육한 미국 소에 비해 육질이 떨어질 수밖에 없었다. 약간 씁쓰름하면서 냄새를 잡아줄 수 있는 소스 개발이 관건이었다. 질긴 것은 파인애플, 키위 같은 연육 효과가 있는 과일을 첨가해서 레시피를 만드는 등 이런 방법, 저런 방법을 찾아 계속 연구에 몰두했다. 힘들고 어려운 시기였고 긴 시간 마음고생을 해야 했다.

그러다가 또 다른 육가공회사로부터 제안이 들어왔다. 그 회사는 홈쇼핑 판매가 주류였는데 상품이 엉망이었다. 돈을 주고 '구본길' 브랜드의 식품을 사 먹을 고객들을 생각하면 그냥 넘어갈 수가 없어서 회사에 항의했다. 결국 그 회사와도 결별했다.

그 후로도 내 이름을 건 브랜드로 인해 여러 번 힘든 고비가 많았다. 나에게 말도 없이 다른 회사에 브랜드를 넘긴 경우도 있었고, 좋은 상품을 합리적인 가격에 공급하려 하지 않고 한탕주의의 모습만 보이는 회사도 있었다. 상품을 제대로 만들어 팔라고 요구했으나 듣지 않았고 소신을 지키며 피나는 노력으로 일궈낸 브랜드 가치를 떨어뜨리기만 했다. 좋은 상품을 만들어 만족감을 전달하자며 호소를 하고 부단한 노력을 했건만 너무나 많은 마음의 상처를 입었다. 이런 일을 겪고서 홈쇼핑과 완전히 인연을 접으려는 생각까지 하게 되었다. 그럼에도 어려운 길을 굽이굽이 돌아 아직도 구본길 브랜드는 살아 움직였다.

자신을 다스려 이기는 것이 가장 큰 승리

수십 년간 새벽에 일어나 출근하던 습성이 몸에 배어서인지, 퇴직하고도 한동안 새벽에 일어나는 습관을 버리지 못해 힘들었다. 새벽이면 스프링

튕기듯이 일어났는데 막상 출근할 데가 없으니 막막한 생각이 들 때도 있었다.

돌이켜보면 어린 나이에서부터 사회생활을 하면서 한 번도 늦잠을 자면서 놀아본 적이 없었던 같다. 열여섯 살 주물공장에 다니던 때, 쇳물이 발등에 떨어져 화상을 입고 쇳독 때문에 다리가 허벅지 굵기로 부은 적도 있었지만 그날 하루조차도 쉬지 않고 회사에 나갔다. 원양어선을 타고 나간 3년 동안에는 겨우 두세 시간 자면서 그 험한 파도 속에서도 몸살 한 번 앓는 법 없이 일을 했다. 63빌딩에 입사해서는 어쩌다가 하루 쉬는 날에도 오전만 쉬고 나면 왠지 불안하고 무슨 일이든지 해야만 할 것 같아 잠시도 가만히 있지 못했다.

바뀐 환경에 적응하기 위해서 생각을 바꾸어야 했다. 새벽에 일어나지 않으려고 주문을 외우다시피 스스로에게 최면을 걸었다. '일어나지 말고 자야 한다, 자야 한다…' 그렇게 습관을 들이니 시간이 지날수록 조금씩 좋아지는 것 같았다. 30분에서 한 시간 정도 더 잘 때도 있었다. 긴장감도 많이 풀어지는 것 같았다. 그동안 못 갔던 친구들 모임에 가거나 만나지 못했던 사람들을 만나기도 하고 강의와 방송 출연을 하며 바뀐 생활에 적응해나갔다. 모든 것은 자신과의 싸움이었다. 자신을 다스려 이기는 것이 가장 큰 승리라는 말을 실감했다.

신념을 따르기로 마음먹다

회사를 퇴직한 후에도 방송과 강의는 꾸준히 하고 있었는데 63빌딩에서 함께 일했던 상사에게서 전화가 왔다. 인천의 한 호텔에 근무하고 있던 그는 요리부장 자리가 공석이라며 나에게 소개했다. 전 직장에 다닐 때 교육이 있어 몇 번 가보기도 했던 호텔 뷔페식당이었다. 호텔 규모도 작을 뿐 아니라 다른 기업이 인수하고 나서 평이 좋지 않았던 터라 별로 내키지는 않았지만 우선 만나서 이야기를 들어보기로 했다. 부회장과의 면담에서 강의와 방송을 계속할 수 있어야 한다는 나의 조건을 수락해 근무하기로 했다.

전에 있던 회사에 비하면 아주 작은 호텔이었지만 내가 맡은 부분에 대해서 최선을 다하자는 생각으로 업무 파악에 나섰다. 전 업장을 돌아다니며 냉장고와 냉동고에 식재료가 얼마나 있는지 재고 조사를 했다. 조사해보니 실제 식재료가 장부에 기재된 것보다 많이 부족했다. 부족한 부분에 대해 보고를 하지 않을 수 없었다.

보고를 받은 담당 임원은 난감해하면서 자기 선에서는 이미 알고 있는 부분인데 그냥 넘어갈 수 없겠느냐고 했다. 나는 단호히 거절하고, 내가 맡은 부분에서부터 시작해야 하니 회장님께 보고하겠다고 했다. 그러자 임원은 여러 가지 방안을 생각해서 나중에 회장님께 보고하자고 했다. 그

때까지 회장님을 한 번도 보지 못한 나로서는 이해가 되지 않았지만 회장님이 참석하는 회의 날을 기다릴 수밖에 없었다.

재고 조사 이후 한 달 가까이 지난 뒤 회장님과 함께 하는 첫 회의 때 보고를 했다. 회장님은 화를 버럭 내면서 돈이 없어진 것이냐고 내게 물었다. 구태여 따지자면 돈이 없어진 것이지만 경영상 발생한 부분적 문제인 것 같다고 했더니, 경영상 발생한 부분적 문제에 대해 조사해서 다시 보고하라고 했다. 왜 회장님께 보고하는 것을 생각해보고 하자고 했는지 그날 분위기를 보고 금방 알 수 있었다. 회의를 하는 게 아니라 일방적인 명령과 질책만 있었다. 보고를 하면 고함과 호통으로 주눅이 들게 만들었고, 모든 책임을 보고한 사람에게 돌리며 해결하게 했다. 살벌하기까지 한 회의 분위기에 어이가 없었다.

조사를 해보니 생각보다 문제가 크고 광범위했다. 비슷한 규모 호텔들의 재료 구매 단가부터 비교 분석해야 했다. 그 밖에도 자잘하게 분석해야 할 것들이 넘쳤다. 비교해야 할 기초 자료부터 거의 새로 만들어야 했다. 힘든 작업을 하면서 여러 가지 난관에 부딪히기도 했고, 직원들의 불만이 고조되기도 했다. 모든 부분에 대한 자료를 만들고 보고서를 작성하는 데 두 달이 넘게 걸렸다.

호텔은 모든 부분에서 원가가 높아질 수밖에 없는 구조로 운영되고 있었다. 기본적으로 매입액과 매출액에 대한 정상적인 데이터가 갖춰지지 않았다. 매입과 매출, 단가계산이 정확해야 수입과 지출도 바로잡히는데, 이곳은 비슷한 규모의 타 호텔보다 원재료 구매 단가가 높았고, 제공하는 음식의 단가계산도 정확하지 않았다. 회장님 할인 쿠폰과 영업장 할인 쿠폰은 원가적용을 하지 않고 사용한다는데 그렇게 되면 물품 재고가 부족할 수밖에 없다. 기업에서 운영하는 영업장이라 하기에는 이해가 안 되는 부분이었다. 오랜 세월 쌓였던 문제를 파악하고 새로운 운영방식으로 거듭나고자 했으나 정작 회사에서는 힘들게 작성한 보고서에 대해 별 관심이 없는 듯했다.

회장님의 지시 사항은 더 이상했다. 재고 조사에서 부족한 금액만큼 직원들과 납품 협력업체에 책임을 전가하고 금액을 할당 분담하는 것으로 결론을 내렸다. 박봉에 열심히 일한 죄밖에 없는 직원들과 힘들게 납품한 협력업체들에게 부담을 지게 한다니, 이게 무슨 날벼락 같은 일인가. 경영상의 문제를 제기했을 뿐인데, 업주의 이익만 바라보고 힘없는 사람들에게 착취하는 일이 눈앞에 펼쳐지고 있었다.

말로 표현할 수 없는 어처구니없는 상황에 참담함과 분노로 머리끝이 곤두섰다. 직원들과 납품업체에 그렇게 전가하면 안 된다고 말하니 회사는 오히려 나를 이상한 사람 취급했다. 결국 직원들과 납품업체가 분담해서 마무리했다. 도저히 납득이 되지 않는 상황에서 내가 그곳에 있어야 할 하등의 이유가 없었다. 미련 없이 사표를 내고 이해가 안 되는 이상한 호텔과 결별했다.

자부심과 보람으로 가득한 제자 양성

내가 강단에 선 것은 결코 우연은 아닐 것이다. 나의 어머니는 한때 교회 전도사로 일했고, 아버지는 교직에 몸을 담았다고 한다. 피는 못 속인다는 말이 실감났다. 63빌딩에 소속되어 있던 시절, 신설된 사내 교육센터 신입 사원 교육을 계기로 강의를 시작했다.

2011년 경기대학교 관광대학원 박사과정을 마친 후 그동안의 경험을 살려 여러 기업체와 백화점 문화센터 등에서 강의를 했고, 그 밖에도 여러 곳에서 특강 요청이 많이 들어왔다.

대학 교수로 요리 전공자들을 가르친 일은 특별한 보람으로 남는다.

경기대학교 관광대학원 박사과정을 마친 후 딸과 함께.

중학교 때 나에게 진로
상담을 받았던 학생이
요리학원 원장이 되어
특강 요청을 해왔다.
사진은 요리학원 학생들을
대상으로 요리 특강을
하는 모습.

한번은 어린 여중생이 요리사가 되고 싶다며 나를 찾아온 적이 있었다. 아직 공부하는 학생이니 대학 요리학과에 진학해서 전문적으로 공부해보라고 조언해주었다. 나중에 그 학생은 대학에서 요리 전공을 했고, 이후에도 이따금씩 연락을 해왔다. 몇 해 전에는 요리학원 원장이 되어 나에게 특강 요청을 해왔기에 기꺼이 달려가서 1일 특강을 한 적이 있다.

외래교수로 시작해 전문대학 학장으로 근무하면서 9년 가까이 대학 강단에 섰다. 누군가를 가르치는 일은 항상 긴장되는 일이다. 늘 마음가짐을 바로 하고 실수하지 않으려 미리 신중하게 준비를 해두곤 했다.

얼마 전 대전에 있는 제자에게서 전화가 왔다. 평소에 전화도 못 드려 죄송하다는 말부터 꺼내더니 부탁이 있다고 했다. 대전에서 생맥줏집을 하고 있는데 돈가스를 맛있게 잘한다고 소문이 나 꽤 많이 알려졌고 장사가 잘된다고 했다. 맛집 취재를 나온 기자가 누구에게 배웠냐고 묻기에 구본길 교수님에게 배웠다고 얘기했는데 괜찮겠냐는 거였다. 제자에게 '내 이름을 신문에 내주니 오히려 영광'이라고 농담을 건네고 전화를 끊었다. 제자가 성공한 것도, 나에게 감사한 마음을 갖고 있는 제자가 있는 것도 모두 고맙고 뿌듯했다.

한번은 광양에 있는 제자가 식당을 오픈했다고 해서 갔던 적이 있다. 위치도 좋았고 음식도 깔끔하고 맛있어 잘될 거라고 예상은 했지만, 예상을 뛰어넘는 성공을 거두어 금방 2호점을 냈다. 나에게 조언을 구하기 위해 연락한 것이었는데, '청출어람'이라는 말이 딱 맞았다. 오히려 요즈음의 트렌드에 맞게 콘셉트를 잘 잡아서 사업을 키워나가는 제자가 자랑스러웠다. 학생 시절 제자의 어려움을 알았기에 항상 마음이 쓰였는데, 그야말로 긍정적인 마인드를 가지고 피나는 노력과 사업적인 치밀함으로 성공을 거두고 있어 감사한 마음이 들 정도였다.

제자들과 거리 없이 지내다 보니 졸업 후에도 계속 연락을 해오는 제자들이 많다. 배운 게 요리인 이들과 요리를 통해 재능 기부를 하며 함께 봉사 활동을 다니는 것도 보람 있는 일이다. 내가 누군가에게 도움이 된다

요리 행사에서 학생들에게 사인을 해주고 있는 모습(왼쪽). 요리로 재능 기부를 하며 봉사활동을 하는 깃은 인제나 보람이 있다(오른쪽).

는 것은 최고의 에너지를 얻는 일인 것 같다.

한 번의 실패 후 다시 만난 인연

어려서부터 혼자만의 비밀을 가슴에 안고 살아온 나는 내 성이 아닌 성으로 살아오면서 누구에게도 말 못 할 혼자만의 고뇌가 컸다. 그럴수록 일과 성공에 매달렸고, 아이 엄마와의 갈등이 깊어졌다.

나는 어릴 때부터 겪어온 가난이 너무 싫어서 부부가 힘을 합쳐서 좀 더 잘살고 싶었다. 자식들에게 가난을 물려주는 무능하고 못난 부모는 되고 싶지 않았다. 아이들 공부도 힘닿는 데까지 뒷바라지하고 싶었다. 하지만 나의 그런 인생관, 생활 계획과 전혀 맞지 않는 사람과 부부가 되었다. 나와는 다르게 없으면 없는 대로, 가난하면 가난한 대로 살면 된다는 낙천적인 성격의 소유자였다. 서로 다른 사고방식을 가지고 있던 우리는 서로를 이해하지 못했다.

나는 세상에 대해 반드시 성공하겠다는 독기어린 각오와 어린 시절 못했던 공부도 하는 데까지 해보고 싶다는 마음이 강했다. 취미 하나 없어 늦은 시간 퇴근 후 그저 잠깐의 시간이 나면 집에 바로 가지 않고 술을 먹었다. 술을 먹으면 답답함이 더해졌고 갈등은 깊어갔다. 아내도 마음고생을 많이 했을 것이다. 결국, 아이들이 성인이 된 후 아내에게 내가 가진 유일한 재산이었던 아파트를 넘겨주고 이혼했다. 정리하고 나니 마음의 응어리가 풀리는 듯하고 마음은 홀가분했다.

혼자 지내던 시간이 계속되던 어느 날 우연히 지금의 아내를 만났다. 처음 잠깐 본 후 잊고 지냈었는데 몇 년 후 내가 근무하던 63빌딩에서 다시 만났다. 안산에서 작은 여행사를 하던 사람이었다. 긴 세월 동안 피폐했던 과거 때문인지, 그녀를 만나면 나의 결점이 두드러졌다. 그럼에도 불구하고 그녀는 나를 이해해주었다. 그녀와 이야기를 나누면 위로받는 느낌이었고 왠지 모르게 마음이 편했다. 시간이 흐르면서 더 자주 그녀를 만나게 되었고 더 많이 알아갔다. 마침내 그녀와 살림을 합치기로 결심했다. 아이들에게는 최대한 조심스럽게 얘기했는데, 다행히 아이들은 커다란 충격 없이 받아들이는 것 같았다. 나로서는 너무나 고마운 일이었다. 그 후 가족만 모여 조용히 작은 결혼식을 치렀다.

그리고 지금까지 나는 몸과 마음이 안정된 삶을 살고 있고 큰 일이든 작은 일이든 아내와 항상 의논한다. 힘들고 독하게 살아왔던 지난날과는 전혀 다르게 주변을 돌아보며 감사함으로 살아간다.

할아버지가 된다는 것

직장 생활은 해외 연수와 교육 등 여러 가지로 정신없이 바빴다. 매일같이 출근은 새벽이었고 퇴근은 한밤중이었다. 그러는 동안 아이들은 커갔다. 아이들이 초등학교를 졸업하고 중학교, 고등학교에 들어가도록 나는 여전히 일에 바빠 아이들을 챙겨줄 겨를이 없었다. 혼내주기만 했지, 달래줄 마음의 여유가 없었다.

딸이 고등학교 졸업을 앞두었을 무렵, 대학을 안 가고 주유소 아르바이트를 하겠다는 말에 정신이 번쩍 들었다. 딸을 앉혀두고 많은 대화를 하면서 아버지가 어떻게 해서라도 대학은 보낼 테니까 공부만 하라고 통사정했다. 어릴 적 중학교에 가지 않고 일을 하겠다던 나를 달래던 어머니가 생각났다. 딸은 나와는 달리 마음을 고쳐먹었다. 참으로 감사하고 다행스러운 일이었다.

아들은 중학교 시절부터 축구에 빠져 있었다. 고등학교 시절에도 축구에 열광했다. 하지만 아무리 생각해봐도 그때의 내 수입으로는 뒷바라지하기 어려울 것 같았다. 또 다른 걱정으로는 만에 하나 다치기라도 한다면 어쩌나 하는 염려가 들었다. 포기시키기로 마음먹고 회사로 오라고 했다. 아들은 울면서 도와달라고 했지만 축구보다 더 나은 길이 얼마든지 있다고 끈질기게 설득했다. 아들은 끊임없이 갈등하는 것 같았다.

나는 주장이 너무 강해서 문제를 일으킨 적이 종종 있다. 해야 할 일은 밤을 새워서라도 해야 직성이 풀리는 성격이기도 했다. 모든 일을 완벽하게 해야만 한다는 강박관념이 있었고 아이들에게까지 그렇게 강요를 했던 것 같다.

한번은 학원에서 대입 공부를 하다가 밤늦게 집에 들어온 딸에게 체력을 길러야 한다면서 가기 싫어하는데도 억지로 데리고 뒷산에 올라갔다. 그런데 산 중턱까지 올라가던 딸아이가 갑자기 쓰러져서 정신을 잃었다. 너무나 놀라서 어찌할 바를 모르고 119에 신고를 했다. 잠시라도 기다릴 수 없어서 축 늘어지다시피 한 딸을 들쳐업고 황급히 산을 내려왔다. 내려오면서도 실성한 사람처럼 '내가 잘못했으니까 내 자식에게 별일 없게 해달라'고 주문처럼 같은 말을 수없이 반복했다.

산 밑에 다다르니 구급차가 막 도착했고, 서둘러 구급차에 실려간 딸은 병원 응급실에서 주사를 맞고서야 깨어났다. 응급실 의사는 피로가 많이 쌓여 일어난 일시적인 쇼크니까 걱정 안 해도 된다고 했다. 순간 눈물이 왈칵 쏟아졌다. 얼마나 긴장을 했던지, 내 옷이 땀으로 완전히 젖은 줄도 모르고 있었다.

다행히 딸과 아들은 모두 원하던 대학에 들어갔다. 두 아이 모두 예능 분야에 소질이 있었는지 딸은 미대, 아들은 음대를 갔다. 요리도 예술적 기질이 필요한 일이긴 한데, 아버지의 대를 이어 요리를 하겠다는 아이는 없었다. 내가 요리하면서 워낙 우여곡절을 많이 겪고 고생을 했던 터라 서운하다는 생각은 들지 않았다. 아들은 유명한 작곡가가 되겠다며 음악을 전공하더니 진로에 대해 나름대로 고민이 있었던지 나중에 전공을 정치외교학으로 바꾸었다.

딸은 어느새 결혼하겠다며 남자 친구를 데리고 왔다. 내가 해줄 수 있는 것이라고는 지지해주고 호응해주는 것밖에는 없었다. 감사하게도 많은 하객들이 와줘서 결혼식은 성대하게 치렀다. 오랜 선상생활을 하다가 결혼해서 하객이 열 명도 채 되지 않았던 나의 결혼식과는 비교가 되지 않게 많은 분들로부터 축하를 받았다. 얼마 되지 않아 아들도 결혼하겠다고 여자 친구를 데리고 왔다. 딸과는 달리 마음이 놓이지 않았지만, 아들의 선택이 우선이니 허락하기로 했다.

결혼 후 얼마 지나 아들의 아들인 귀한 손자가 태어났다. 아들이 태어났을 때와는 또 다른 기분이었다. 할아버지가 된다는 것이 좀 어색하긴 했지만 병원에서 눈도 잘 떠지지 않은 손자를 보면서 나의 핏줄이구나 하는 생각과 함께 묘한 설렘이 생겨났다.

아직 끝나지 않았다

시간은 빠르게 흘러 나는 어느덧 60대 중반을 지나게 되었다. 젊은 시절에 비하면 확실히 내 인생은 안정되었다. 나름대로 행복한 가정을 꾸렸고, '고생 많이 했으니 이제 쉬어가며 살라'는 말을 듣는다. 그러나 세상은 넓고, 난 지치지 않았다. 아직도 항상 무언가에 목마름을 느낀다. 어려서부터 친척 집에서 구걸하다시피 살아온 삶이 항상 머릿속에서 떠나지 않는다.

내가 기억하는 유년 시절은 눈치의 연속이었다. 몸 하나 뉠 집이 없어 이곳저곳 떠돌다 산골 동네 골방과 저수지 아랫집 방에 얹혀살았던 시절, 전도사였던 엄마를 따라 교회 사택에 기거하면서 교인들에게 눈치가 보이던 생활, 열여섯 살에 처음 사회에 뛰어들어 누님 집에 기거하면서 밥 먹는 것 하나에도 눈치가 보이던 삶. 혼자 벌어 자식 뒷바라지하는 어머니를 바라보며 학교 다니는 것조차 눈치가 보였던 터라 어린 시절부터 계속 이렇게는 살기 싫다 하며 나의 미래의 삶에 대해 고민을 많이 했다.

사회생활을 하면서부터는 눈치 보며 살았던 모습을 더 만들지 않기 위해 힘들고 어려워도 남들보다 더욱 열심히 최선의 노력을 했다. 눈치를 보지 않고 열심히 정직하게 살겠다는 것이 나 자신의 굳은 철학과 신념이 되었다.

태어나서부터 아버지란 존재가 없었던 가난한 삶 때문에 더욱 고뇌가 많았다. 어릴 때부터 '나는 누구일까?' 하는 생각이 내 머릿속에서 떠나지 않았었는데, 막상 드라마와도 같은 가족사를 알게 되자 가난의 고통에 가족사의 아픔까지 더해 번뇌와 고뇌가 걷잡을 수 없이 나 자신을 괴롭혔고 방향도 알 수 없는 칠흑 같은 어둠 속으로 빠져들었다.

감사하게도 지금의 나는 이런 아픔을 이겨냈지만 아직도 내 머릿속에 맴돌고 있기에 지금의 안락한 삶에 안주할 수만은 없었다. 내가 받은 것을 베풀기 위해 할 수 있는 작은 일들을 실천하고 있다. 장애를 가진 어르신들의 목욕 봉사를 비롯해 내 기술을 살려 어르신이나 결식아동 등의 식사 봉사도 진행하고 있다. 요리를 가르치는 재능 기부 봉사는 요리사인 내가 제일 잘할 수 있는 일이라고 생각한다.

도움은 받는 사람도 좋겠지만 도움을 줄 수 있다는 생각에 나는 더 기쁘고 행복하다. 그렇기에 봉사를 나갈 때마다 감사하고 즐겁다. 가난해서 너무도 힘들고 아팠던 내 삶을 회상하며 이제 우리 주변에는 힘들지 않고 아픔이 없는 사람들로 가득하기를 간절히 바라본다. 그래서 작은 것이라도 도움이 되었으면 하는 마음으로 오늘도 봉사 활동을 떠난다. 나는 내 능력이 미칠 때까지 최선을 다해 노력할 것이다.

누군가 자신에 대한 이야기는 10년을 주기로 쓰라고 했던 말이 기억 난다. 앞으로 10년 후, 다시 이만큼의 좋은 이야기를 쓸 수 있을 정도로 할 말이 많았으면 좋겠다. 항상 도전하는 요리사 '구본길'로 기억되었으면 하는 마음이다.

숨이 막히는 듯한 답답함에 어디론가 벗어나보려고 버둥대던 열아홉 소년의 눈앞에 바다가 있었다. 넓은 바다 한가운데서 살아남을 수 있을지조차 알 수 없던 그때. 대자연 앞에서 인간은 한낱 미물에 불과하다는 것을 여실히 느끼던 시간이었다. 망망대해 위 좁은 공간 속에서 오랜 기간 생활하느라 어려움이 많았지만 결국 내가 이겨내야 할 몫이었고 내가 선택한 삶이었다.

바다에서 돌아와 새로운 나의 미래를 찾고 육지 생활에 적응하기까지 오랜 세월이 흘렀다. 그래도 그때의 시간이 있었기 때문에 지금의 내가 있다는 생각에는 변함이 없다.

열아홉 살의 소년은 스물여덟의 청년이 되어 육지에서 새로운 둥지를 틀고 미래의 삶을 만들기 위해 어세까시의 과서는 다 묻어야 했다. 원망이나 절망이나 작은 미련도 새로이 가는 길에 방해만 될 뿐이기 때문이었다. 새로운 환경에 적응하기 위해 누구보다 많은 노력을 했고, 경쟁 대열에 합류하기 위해 잠을 못 자며 공부를 했다. 잠조차도 나에겐 사치였을 뿐이다. 일할 때는 물불을 가리지 않았다. 지난 세월 속에 이루어진 모든 일들을 돌이켜 보면 과정 과정에서 그냥 우연히 된 것은 하나도 없는 것 같다. 나의 노력을 인정해주신 주변 분들의 도움도 따라주었기에 가능했을 것이다.

요리하는 남자 '구본길'은 아직까지 현재진행형이다. 앞으로 더욱 많은 사람들에게 봉사하며 풍요로움을 주는 사람으로 더욱 전진해나갈 것이다.

이 글을 쓰기까지 나는 오랫동안 간직해온 나의 과거, 어릴 적 추억을 친구에게 이야기 들려주듯 풀어놓고 싶었고, 바다 생활을 하며 마주한 대자연의 거대한 힘과 그 속에서 만난 사람들의 모습을 생생하게 표현하고 싶었다. 방송에서 볼 수 없었던 '요리사 구본길'의 이야기를 재미나게 엮어내고 싶었다. 마음은 간절했지만 나의 문장이 내 안의 간절함을 잘 표현할 수 있을지 감이 잡히지 않았다.

나의 이야기가 책이 된다면 내가 살아온 모습을 거울로 보는 것처럼 참으로 행복할 것 같다. 이 글을 쓰기까지 많은 도움과 격려를 아끼지 않은 분들께 진심으로 감사드리며, 특히 사랑하는 아내와 아이들에게 고맙다는 말을 남기고 싶다.

나는 요리하는
남자입니다

지은이 | 구본길

편집 | 김연주 이희진
디자인 | 오은진
책임 디자인 | 이선화
마케팅 | 김종선 이진목
경영관리 | 남옥규

인쇄 | 금강인쇄

초판 인쇄 | 2022년 5월 25일
초판 발행 | 2022년 6월 2일

펴낸이 | 이진희
펴낸곳 | (주)리스컴

주소 | 서울시 강남구 밤고개로 1길 10, 수서현대벤처빌 1427호
전화번호 | 대표번호 02-540-5192
          영업부 02-540-5193
          편집부 02-544-5922 / 544-5933
FAX | 02-540-5194
등록번호 | 제2-3348

ISBN 979-11-5616-103-5 03810
책값은 뒤표지에 있습니다.

블로그
blog.naver.com/leescomm

인스타그램
instagram.com/leescom

유튜브
www.youtube.com/c/leescom

유익한 정보와 다양한 이벤트가 있는 리스컴 SNS 채널로 놀러오세요!